辜卡兵的禮物

翻閱童年　　冰谷——著

推薦序

回甘
──序冰谷散文集《歲月如歌》

台北大學中文系教授／陳大為

　　二〇〇七年，為了編選《馬華散文史讀本1957-2007》，我對馬華散文展開大規模閱讀，除了原本就很熟悉的年輕散文作家與類型，吳進、伊藤等前行代作家的散文特別吸引了我。他們的散文在語言和技巧上的優異表現，令人動容，不但經得起時間的考驗，蘊藏文章背後的個人與時代的無形鏈結，更讓散文擁有一種可遇不可求的魅力。這種魅力，一部分源自個體的生命經歷和時代閱歷，一部分來自說故事的能力與態度，缺一不可。

　　馬來亞被日軍佔領的三年零八個月，以及二戰之後的剿共時期，雖然被某些年輕小說作家拿去當個人的創作素材，卻沒有交出令人滿意的作品。仰賴史料和想像堆砌出來的蝗軍與馬共故事，總是脆弱的，尤其在許多細節的描述上，很容易因為缺乏實際體驗的支援，常露出破綻，故事因而失去動人的血肉質感。乍讀還行，一旦拿到課堂上去分析，就垮了。

　　散文比小說需要更多的真實，雖然這些真實可以轉化成虛構的情節，但骨子裡依舊保留一種充滿說服力的真實感，其中關鍵之處，在細節的描述。我始終認為：唯有親身經歷過日據和剿共時期的馬華前行代作家，才能逼真的還原那個時代。那是時代留

給他們的最大遺產。

　　一九四〇年出生的冰谷，剛好有機會經驗這兩個重要的歷史時間，可惜日據時他年齡太小，根本不曾見過蝗軍，有關的暴行只是從父字輩口中聽來，況且他家住在江沙通往實兆遠途中的一處只有四、五戶人家的荒涼聚落，還夠不上日軍騷擾和掠奪的目標。所幸蝗軍沒有被冰谷硬生生捏造進來，演出失真的戲碼，但二戰對當地民生經濟的影響，間接造成冰谷童年的困頓。這裡沒有我們期待的大歷史，只有窮困，只有個人的苦難。

　　高度封閉的蠻荒野地遂構成冰谷最初的世界，其個人生活史的第一章，即是父親和野豬之間的殖民戰爭。於是我們讀到冰谷很生動、細心的去描述沒有獵槍可用的父親，如何挖掘獵捕野豬陷阱：「為了引誘山豬，洞穴佈陣完成後，父親把帶來的番薯和木薯疏落地丟在周圍；又在陷阱四面用削尖的竹筒仿製豬蹄足跡，使豬群誤信是自己曾經走過的地方。如此才算大工告成」（27頁）。鉅細靡遺的敘事過程中，這道關鍵性的仿蹄設計，強化了這場狩獵的真實感，也勾勒出父親的形象。父親在面對生活的困頓時，往往能夠找到生存的方法，窮歸窮，冰谷眼裡的父親始終是智勇雙全的，尤其對林森中各種草藥的掌握與運用，十分到家。當冰谷試圖重現父親以土方的治病的場景時，也帶出了豐富的草藥知識：「父親從曠野上尋找一種低矮的藥草，疏疏落落的葉片，淡紫而尖長，細細高高的花柱舉起白色小花。這叫『消山虎』，父親說。他將消山虎搗得稀爛，敷在二姐腳踝傷處，每兩天換一帖。兩周後二姐的腳踝不但消腫了，也恢復了走路能

力。我還知道父親會治理內傷。森林中有種掌狀綠葉的貼地生植物，每一掌葉分成七片葉子，每株植物只長出一枝香炷般的花枝，故土話稱之『七葉一枝香』」（51-52頁）。眾多細微、具體，而且有趣的事件描述，讓父親形象逐步取得一個深度，雖然他未能把家人帶出貧困，但他依舊能夠支撐這個家，也讓冰谷的童年留下豐富的山野樂趣。冰谷在追憶、重構童年時光之際，這些山林生活的見聞和知識，全都派上了用場。當時是苦難的事件，如今卻成為寫作的好素材。

事實上，無論冰谷在描述獵豬、艾灸、土方、種植煙草和鴨腳粟米，文字背後真正進行的，都是冰谷對父親的形象形塑。父親身陷困頓，卻從不自怨自憐，處處流露出堅韌的生命觀。父親的事蹟，替冰谷的童年故事披荊斬棘，交出深具可讀性的開端。

在這部自傳體散文集當中，父親－母親－自己，是密不可分的等邊三角，整個童年的悲歡交織於三人之間。有一幕，冰谷寫到父親忘了如何織煙屏的時候，就用父親那粗俗的口頭禪展開敘述：「『丟那媽，快來快來，忘記織煙屏要怎樣起頭。』父親向媽媽喚道。我沒猜錯，經過歲月淘涮，不止鄉情在時間裡淡去，複雜的祖傳手藝也漸漸從父親的腦波抽離、挖掘不出了。媽媽比父親年輕近三十歲，頭腦也較父親精明，很多事母親都是父親的救兵。媽媽放下水桶走過來，拿起幾片竹篾大剌剌編織起來。從那一刻我懂得竹篾的用途了，父親要製『煙屏』」（35頁）。父親的粗俗對白，母親的反應舉止，以及冰谷對事件的切入角度，可在數百字的小篇幅中完成鮮明的畫面和人物的性格

設定。

　　這部童年自傳的最前端，父親角色吃重，接著就到母親的戲份。

　　冰谷家裡真是難以想像的窮，他在四歲以前從未吃過白米飯，每日三餐都是以薯、粟為主。「我第一次對白飯留下印象，就是從叔叔家裡開始的；但是卻從未在叔叔家裡吃過飯。我們家窮，母親卻很有骨氣，『看見別人開飯，就得回家！』母親經常告誡我。所以，飯香飯香，我只聞過飯香，白飯味兒卻從未親嚐」（40-41頁）。母親的骨氣，成為家教的重要準繩，事情雖小，但從中可以強烈感受到它的崇高價值。從家教、割膠、種稻，到蓋房子，無所不能的母親形象，就在各種生活細節中建立起來。這裡要特別提及冰谷尾隨母親在凌晨三點起床摸黑割膠的日子，可能是印象太過深刻，所以冰谷如今寫來依舊歷歷在目：「橡膠樹的割口高低不齊，母親的頭燈也隨著割口忽上忽下，防風鋅板發揮一定的效用；但是風大時，燈火也會熄滅的；有些夜蛾也勇士般飛來撲火，讓我們掉入剎那的黑網裡。幸虧母親早有防護，每天出門都隨身攜帶火柴。『卡擦』一聲，頭燈又再亮起。母親繼續切切切地照亮橡樹的傷痕。我緊跟著母親，幫她洗抹膠杯，環繞過一棵又一棵、一行又一行的橡樹」（98頁）。冰谷在書中非常細膩地描繪了割膠的工作和辛勞，他花了很大的幅篇去營造那片黑暗，以及黑暗中的每道工續，一種刻骨銘心的記憶重量就從字裡行間瀰漫開來。從冰谷的苦難敘述，可以感受到母親承受的生活壓力是很沉重的，但行雲流水的文字，卻能夠達到良好的平衡效果。

　　沿著冰谷的自傳敘述軸線讀下去，有些重大的歷史事件會順著時間刻度悄悄滲透進來。

　　效忠英殖民政府的辜卡兵到家裡來挖薯，最後卻留下令人驚喜的罐頭食品；日軍投降後，抗日軍濫殺曾經投靠日軍的馬來人，引起馬來人大刀隊的血腥報復，在村子裡一度引起虛驚。這些都是大歷史在小角落留下的殘影。當然，冰谷沒有錯過「山老鼠」（馬共）的故事。

　　馬共對「華人新村」的構成，以往只是歷史文獻或論文裡的敘述，真實的馬共經驗是可遇不可求的。冰谷對馬共的敘述完全限制在親身經歷範圍內，沒有據此進行傳奇化的擴張。對自傳體散文而言，真實比什麼都重要。冰谷對馬共的初體驗很有意思，那已經是英殖民政府剿共的時期，於是我們讀到這麼一個畫面：「接下來每隔三兩天就聽到飛機不停地盤旋，重複各種語言廣播，但是我再也不敢向母親發問，只讓那股謎團藏在心裡。突然有一天飛機飛得特別低，幾乎是從橡樹頂上隆隆掠過，千篇一律的廣播聲浪非常刺耳。就在這一剎那間，我發現很多紙張蝴蝶一般透過濃密的橡樹葉，紛紛飄落到地上，有幾張竟然飄在我們面前不遠處；那些紙張不是空白的紙，而印滿密密麻麻的黑字。雖然我不識字，卻非常好奇地想拾起來看看，怎知腳步尚未踏出，就聽見母親的聲音：『千萬別動，給山老鼠看的！』我正想踏出的腳步，頓時被母親的叱聲揪住了」（113頁）。在橡膠林上空掠過的飛機引擎聲，以及空降的傳單，確實很容易引起孩童的好奇心，冰谷不斷醞釀這個令他心癢難耐的謎團，直到母親的叱聲

把他揪住。「山老鼠」一詞，果有勒馬之勢。冰谷在這裡用上
「山老鼠」，其實沒有主觀的貶意，那是現實中華人對馬共的負
面稱謂之一，有時候直稱「共產黨」，鮮少稱「馬共」的，那比
較像是小說裡的寫法。

　　山老鼠對孩童期的冰谷而言，是一個很難理解的魅影，他
只知道「平時在秤膠棚聽到膠工交談，總提到『山老鼠』，眾人
連馬共兩個字也不敢掛在嘴邊。因為當時游擊隊經常從山林出來
騷擾鄉民，馬共已是人人心目中的恐怖份子，自然變為一種禁
忌」（113頁）。這些山老鼠沒有大規模降臨在冰谷的故事場景
之中，比較像是一種風聲鶴唳的魅影，在成年人的言談裡出沒。
沒有預設立場的敘述，在某個程度上顯現出一般華人對馬共的印
象，不得民心正是馬共終究會革命失敗的因素之一。

　　山老鼠對冰谷的生活影響不僅止於此。一九五一年，十
一歲的冰谷和家人被迫遷入新村。那是英國駐馬來亞聯邦欽差
大臣亨利·葛尼氏遭阻擊身亡後，殖民政府一口氣開闢了四百
五十個華人新村，將散居鄉下的農民趕入以鐵刺籬圍困的集中
營，嚴加管理，以斷馬共之後援。如此一來，冰谷上學和割膠
的距離就大幅拉長，尤其在嚴重缺乏交通工具的情況下，步行
十二哩路去割膠根本是天方夜譚。新村政策幾乎將冰谷一家逼上
絕路。於是我們讀到絕境中的巨大焦慮與應變之道，以及「集
中營」的各種管制措施和居住環境之規劃。在冰谷童年生活記
憶當中，這是非常特殊的一段，它是個人的經驗，也是歷史的
見證。

　　這部自傳體散文集《歲月如歌》，如果要找出一個核心的關鍵詞，或許是「苦難」。然而，在冰谷的敘述語調當中，卻可發現另一個對立的關鍵詞，那是「回甘」。冰谷在書寫童年種種窮困的處理時，免不了帶著幾分感慨，細讀之下，卻流露出經歷劫難仍然屹立不搖的堅韌意志。這是值得驕傲的。在那段日子，如果沒有智勇雙全的父親，吃苦耐勞且無所不能的母親，冰谷的童年必定是一場徹底的災難。身處窮鄉僻壤，加上家境的困頓，本是雙重的生活壓力，但冰谷在橡膠林和河濱野地之間，找到他的天地，一個單純而富足的精神世界，艱辛與逍遙並存。加上父母無比堅韌的生活態度，儘管一家人從沒有完整牆壁的茅草屋、亞答板屋，到穴居的岩洞，冰谷的童年記憶中飽含著一份超越物質的幸福。在這麼多年後驀然回首，以細膩、輕快的筆觸去書寫孩童歲月，那遠去的苦難已轉化成珍貴的生命內容。此刻下筆成文，雖有八分艱苦，仍帶兩分甘甜。

　　不管身為文學史的研究者，或最單純的讀者，我都希望從散文裡讀到動人的元素。它絕對不是某些作者為了迎合離散風潮而生產的投機散文，也不是為了其他功利性目的而捏造出來的病史散文；它可以是作者生命經驗中的光與暗，或者是對某個時代的刻劃，在散文敘述中很自然地呈現出來。當一位作家真正了解散文寫作對他的意義，他的敘事將開啟心靈的大門，他將透過寫作重新認識自己，重新建構自己；我們這些讀者，得以進入作者的靈魂，重返作者筆下還原的時空。

　　冰谷的《歲月如歌》，先天上具備了獨特的生命經歷和時代閱歷，在優越的說故事能力和嚴謹的書寫態度支援之下，遂交出

一部「苦中回甘」，格外動人的自傳體散文。比起我在《馬華散文史讀本1957-2007》當中所選的冰谷散文，更勝一籌。

2011年7月19日中壢

附注：《辜卡兵的禮物》有人出版簡體字版書名《歲月如歌——我的童年》

自序
翻閱童年

　　每個人腦海都有一本書，留在記憶的窗口。用思想去翻閱。用心靈去咀嚼。

　　翻開那本書，流逝的過往，童年最是令人動容。透過無聲的歲月，回首，盡是一幅幅線條突顯的風景圖。叫人懷念，也叫人憧憬。

　　日子，像從高空崩瀉的瀑布，轉眼即從眸中消失。就稍稍地一揮手，我竟翻閱了六十八個春秋寒暑。

　　由於出生不同，環境迥異，書裡呈現的記憶也各成風景。有人居城，有人近鄉，從窗口望出去，自成畫面。

　　我的風景，出自村野，卻是一片綠色旅程。

　　半生農耕，膠林、可可、棕櫚，那一種不是高舉綠旗、搖曳生姿、千媚百態，使人見之而怦然心動！

　　如有可能，走入時光隧道，我想回望童年；不只回望，而是真誠地走進出生的那片荒涼，回到童年裡的天真，品嘗純樸的意境同樂趣。

　　著名詩人／兒童文學家林煥彰先生有一首童詩〈我的童年在長大〉，他寫道：「回去看我的童年／我把我的童年留在故鄉。」林煥彰先生把童年留在故鄉礁溪。移居台北幾十年了，仍念念不忘宜蘭縣礁溪，他的童年出生地。因為那些鄉野情趣永遠

掛在他童年的記憶窗口。

　　走進時光隧道，不過是科學家追求的一個夢想。時光不會倒流，失落的歲月也不會回轉。我們僅可從時間的河流掬起一鱗半爪，化為憑據，告訴後人我們已往的經歷。

　　揭開蒙塵的過往，每一個畫面都明朗如月，也朦朧如月；卻都是堪足回味的，值得我再三思索，然後尋找適當的語言去復制、去陳敘、去描繪，讓除了我自己，別人也能或多或少體悟那個時代的歷史變遷，和鄉野村民的求生掙扎景觀。

　　因為貧困，沒有寸土歸屬自己，雙親不得不順應環境而被迫經常遷徙。同屬橡林，際遇變化迥異，生存條件有別，接觸層面廣泛，豐富了我早年的童年場景。

　　因為貧困，還未入學即已咀嚼人生的坎坷，挑燈割膠成為每天必修的正課，此外是鋸樹、劈柴、挑水、除草……，使我有機緣提早磨練毅力、提升意志。許多大人負責的操作，就是我童年記憶的架構，成為今天溫馨的回憶，和不斷思索的書寫主題。

　　不錯，無論如何竭力呼喚，童年都隨時光流逝了，不再回來。你只能從記憶的碎片裡去挖掘、或從歲月的皺紋中去梳理，尋找那遠去的一點一滴，叫做童年。

　　早年的悲涼，是每個人心坎的版圖。但都值得珍惜同回味。就沏一壺龍井吧，在清香甘飴中緩緩品嘗……。

　　每當打開這些檔案，我心裡就充滿喜悅。企望大家也以喜悅去感受我的童年那份真切。

2010年10月22日庚寅年中秋修定

辜卡兵的禮物——翻閱童年

目次
contents

輯一 辜卡兵的禮物

城鄉紀事

不知是幸還是不幸，我的大半生，都是在漫長的綠色旅程中兜轉；遠離城鎮，投入無邊蒼茫又深邃的橡膠、可可、棕櫚樹林裡，經營人生。直到退役職場，我才走出叢林，有機緣落足城市。

我的出生地瓜拉江沙（Kuala Kangsar），是座小城。霹靂河與江沙河在此交匯，把水流的氣勢壯大，經直落英丹融入大海。

所以，在我奔波顛沛的歲月裡，江沙永遠在記憶裡佔有一片天地。

小城不僅是我的誕生地，同時也是我成長和受教育的故鄉。

這個坐落於霹靂州中部的江城，是荒古江河沖積形成的三角洲盆地，土壤肥沃，世代子民沿岸結廬、蟄居耕耘。

這樣的沖積層盆地，是祖先最理想的聚落。隨同歲月成長，昔日江水泱泱的聚落，發展為今天商業兼農耕的城鄉。而更歷史性的，小城不僅為霹靂蘇丹殿下的福地，王宮巍巍然座落於高崗上，下臨不捨晝夜奔流的江水；小城更是我國橡膠樹發祥地，枝葉茂盛的母樹繁殖出子孫千千萬萬，讓國家長期享有橡膠王國的美譽。

可是，這樣肥沃的三角洲盆地，當季節性的風雨來襲就會造成嚴重災難，上流匯集的洪水像巨浪翻騰、崩流直瀉，形成驚濤

1967年1月發生那場水災，是王城史上第二場最大的水劫。（冰谷提供）

拍岸之勢，驟然間江沙全城變成咆哮水鄉。開埠以來，河邊街一帶似乎每年遭受水劫，而舖天蓋地席卷全城的泛濫，也留在市民沈痛的記憶深處。

　　所以，回顧小城的過往，總難免勾起一幕又一幕的歷史滄桑。父母親見證了三十年代那場驚心動魄的浩劫，狂濤淹上市中心的地標——大鐘樓的時針，整個市鎮變為水底城。

　　那時候你還沒有出世，母親說。

　　想把所有的災難埋葬，風乾，然後遺忘。

　　但是，似乎不可能。當浩劫過後，我走過污濁泥濘的大街衢巷，目睹面容倦悃的市民埋頭洗涮的慘況，一股惻隱之心油然而生。眼看洪水一寸寸升高，我把布匹移到二樓駐守，三更三夜在黑暗裡靠乾糧渡過，一個店主向我訴說苦難。

　　一九六七年那場大水，我已經離鄉五年，深入異域濃密的橡林腹地體驗人生風景。當我獲得批準回鄉採訪災情，只見四處盡是洪水描繪的斑斑爪痕。離城臨遠，居高盤嶺，雙親有幸避過洪流，但滿城淒風苦雨，也有悲涼，也有憤慨！

　　那是霹靂河最後一次怒吼。也是小城最後一場夢魘。自宜力（Grik）三座水壩工程完成後，小城全民從此告別憂患，浸水寫上了句號。小城更因此變為農商福地。

2008年4月10日南洋商報「商餘」副刊

山豬臘味

　　在靠薯條和粟米度日的日子裡，竟然有機會吃到美味的臘味，真是不可思議。但是，這可不是今天臘月裡市場琳瑯滿目的臘味，而是母親自製的山豬臘肉。缺乏配料，山豬臘肉自然無法與五香臘肉並提，可在百貨匱乏的荒亂世代，山豬臘肉卻是我們餐桌上獨沽一味的佳餚，鼓動全家人的味蕾！

　　捕獵山豬，可說是爸爸開墾新芭的意外收獲。

　　我們只有小片耕地，被番薯和粟米佔據了。那帶屬於山區，沒有田芭；要種旱稻，必須投入叢林，尋找更廣闊的新地。有一天爸爸和堂哥吃過番薯湯，大剌剌拿起鋸斧，說要去開闢新芭，準備種植旱稻。

　　我們聽了，無不雀躍欣喜。從此他們每天清早都拿著工具出門，回來時總是滿身濕透，疲累不堪。至於爸爸如何取得新芭，屬租借或村友割讓，就不得而知了，同時也不是四歲幼童所能理解的事。有次晚餐的時候，爸爸和堂哥談論工作進展的事，彷彿開荒種稻不是件簡單的事，要解決很多困難，尤其是野獸侵犯農作的問題。

　　出於好奇，我很想跟爸爸和堂哥去芭場，看他們如何在叢林中砍樹除草。我童年幻想中的新芭場，簡直形如逐鳥追兔的林中樂園。

「鋸樹砍芭很危險的，不行！」爸爸的語氣斬釘切鐵，沒有絲毫轉彎的餘地。我央求了多次，總是冰冷的答案，便再也不存奢望了。

有一天，爸爸回家吃午餐，突然說要帶我去新芭場，讓我看他們捕捉陷阱裡的山豬。我聽到，真是雀躍萬分，積蓄多時的心戀終於兌現了。

爸爸把我抱上他的腳踏車後架，一直沿著山徑踏去；經過小段平坦路後，爸爸即下來推著腳踏車走了，因為接下來的泥徑不但崎嶇，樹根蔓草又多，舉步難行。再走不遠便見到縱橫交錯的倒樹，我猜想一定是爸爸和堂哥鋸倒的。爸爸這時放下腳踏車，揹起我往叢林方向走，不久就聽見「哦哦哦」的豬叫聲了。

原來堂哥和幾個鄰居正向陷阱裡的山豬圍攻。

爸爸趨前，把我放下，警告我說：「靜靜站在這裡，千萬不可亂跑，不然就像陷阱裡的山豬了！」

我膽怯怯的往下望，五、六尺深的陷阱裡兩只山豬拼命奔竄，僅四尺方形狹窄的洞穴，無論如何跳躍掙扎，都躲不開幾人尖銳的標槍衝刺。等到山豬精疲力盡、滿身鮮血，先前的兇猛威勢盡失了，爸爸和堂哥分別把兩張木梯滑進洞穴，走下幾級，標槍對準山豬的頭部猛刺，山豬的叫聲忽然停頓下來，四腳乏力，終於頹然倒下了。

眼見兩頭山豬同時聲沉氣絕了，爸爸、堂哥和同伴一起用野籐把豬腳綑綁，用木條將牠們扛出洞穴。我發現其中一只豬又高又大，尖嘴上端長著兩根彎彎的獠牙，爸爸說是「山豬哥」，另一只較小是母豬。他們花了好大的氣力才把兩頭山豬扛出洞口，

然後走走停停抬回去。

　　年幼的我第一次近距離看細察山豬，帶著十分新奇，尤其是黑黝黝的外表，經過騰騰的沸水澆淋，用利刀輕輕一刮，露出的皮膚竟潔白如雪，好像換上一套棉絮似的外衣。豬毛污垢刮去後，接著開膛挖腸、削皮剁骨，忙到日落西山暮靄四合才收工。

　　我家分得一頭豬，除了部份送村友，媽媽把剩下的肉塊切成條狀，用漿油滲細鹽醃製，第二天用草繩（那時沒有尼龍繩）逐條串起來，吊在太陽下曬，幾天後曬乾了，變為油亮赤黃的臘肉。山豬肥肉，可以炸出豬油，從此媽媽煮菜煎番薯，也不必像過去那樣惜油如金了。

　　自從爸爸和堂哥發現了山豬蹤跡，挖掘了多處陷阱，我家雖然還靠薯條度日，但卻不缺肉味了。尤其是山豬臘肉，不時掛滿家裡廚房的空間；因為防生霉菌，所以要風乾。媽媽在中國祖家曾經製作臘肉，她說如果加五香粉和米酒，選上等的三層豬肉，連嗅到也香噴噴呢！雖然配料不足，但今天我依然懷念媽媽親手製作的山豬臘肉風味。

　　爸爸原意要墾荒種稻，卻遇著「野豬林」，只嘆三生倒霉了。鳥類可防，豬群日夜出沒，防不勝防呀！所以媽媽不時訴苦說：「抓到肉味，喪失米味！」

2008年8月31日星洲日報〈文藝春秋〉版

森林裡的陷阱

　　獵野豬，方法很多。現代人一支獵槍、一顆子彈就將野豬解決了。

　　但是，在六十多年前，平民百姓那裡有槍械，要獵野獸，只有採用最原始的掘陷阱、趕豬籠、山豬吊等幾種簡單的捕獵法。山豬吊要用鋼纜，戰後初期不易買到；趕豬籠需訓練一群狗隊，連家人都缺糧的我家，根本養不起一條狗，何況是一群狗隊。顯然，這兩種捕獵法在父親眼中都是夢想。

　　但是，父親也會動腦筋，用最原始最簡單的方法，以勞力挖穴獵豬。

　　我們那片種植番薯、木薯、粟米的耕地，面積很小，翻來覆去種植的都是這幾種雜糧。我們餐餐薯條和粟米粥，不曾嚐過米香。所以，父親老早就想開闢森林地種植其他農作物，沒想到後來竟變成一個野豬捕獵場。

　　父親和堂哥耗盡勞力伐林鋸樹，希望早日耕植旱稻，換點米糧充饑；我想父親也是因我家長期靠番薯、木薯、粟米度日，感覺內疚，希望改變一下生活環境。但是，事與願違，辛苦了幾天之後，發現那片叢林野豬成群結伴，日夜在林間悠遊閒蕩，稻穀成熟，豈不是養肥了野豬！

　　鳥雀易趕，野豬難防。鳥雀白天出現，見到人影或做個草人

即可嚇到它們不敢飛近；野豬情況就不同了，它們晝夜出沒，四處活動，同時胃口又大，可能瞬息間就把整片稻園糟蹋，夷為平地。

這個發現，使父親放棄了原來種旱稻的計劃。靈機一轉，找來幾個鄰居商量一番，就在叢林裡挖陷阱捕獵野豬。他們的工具簡單，用鋤頭、鐵鏟、畚箕、柴刀，沿著野豬出沒的蹄跡挖掘洞穴，一個四呎平方、深約六呎的洞穴，往往是幾天辛苦的工程。那時候沒有重型挖泥機，他們籌足體力，利用雙手，一鋤一鏟都是汗滴的累積，相信多少也要靠心思。找著理想的駐點，始用柴刀清理藤蔓與灌木，整理出一片地，便輪到鋤頭、鐵鏟的工作了。洞穴挖深之後，鋤鬆的泥土得用鐵鏟盛入畚箕，一畚箕一畚箕倒出穴外，真個耗時耗力。有時遇到大石或木柴阻攔，挖土進行就更延緩了。

洞穴挖好了，洞口縱橫架著數支木條，然後以山亞答葉覆蓋，把整個洞口遮掩著，葉面撒上一層土面泥，使泥色看去與別處無異，免引起野豬起疑而避開陷阱，轉移方向。野獸一般都饞食，為了引誘山豬，洞穴佈陣完成後，父親把帶來的番薯和木薯疏落地丟在周圍；又在陷阱四面用削尖的竹筒仿製豬蹄足跡，使豬群誤信是自己曾經走過的地方。如此才算大工告成。

小孩子都很好奇。我天天跟母親去番薯園，在粟米地隨姐姐逐鳥雀，老早生壓了，很渴望到叢林去看看新環境。另外，堂哥在森林的灌木叢抓過兩只雛斑鳩回來，用粟米餵養，很快就長出亮麗的羽毛了，「嘰嘰嘰」極有趣。我心裡羨慕得很，自然也想找兩只來養。

　　父親常常以路遠、偏僻為拒絕理由，不讓我跟他進森林。但是，父親不肯，堂哥卻常常為我求情，因此我有機會看他們挖掘洞穴，也目睹他們從陷阱中捕獵野豬的情景。

　　那一場場捕獵行動，真是又精彩又刺激的童年舊事！

2008年8月31日星洲日報〈文藝春秋〉版

薯條和粟米粥

愛吃薯條，成為現代青年和小孩的時尚。

今天的薯條是馬鈴薯切條炸成的，應該叫油炸薯條。四十年代初期，我們全家靠薯條和粟米度日。養活我們的薯條，真正是原汁原味，不加防腐劑不染色，更沒有經過油炸。

番薯條製作簡單。把新鮮番薯洗乾淨，連皮蒸熟，切成薯籤，以竹篩盛裝置於陽光下，曬乾後儲藏，要吃時加清水煮軟。我們的一日三頓，就如此解決；雖然薯條湯沒有白糖和香草調味，但當我們饑腸轆轆時，吃起來依然美味可口。

我那時只四歲，按今天的幼兒營食，還需要奶粉補養，而我只有天天啃薯條——不只是我，還有父母和三個姐姐（兩個姐姐出世就送人哺養），一家六口全靠薯條度日。年紀小，我不太明白家中貧苦的實際原由。我家廚房木桶積存的全是薯條，還有就是細小像草籽一般的粟米。

那期間是二戰結束初期，日本蝗軍撤退，馬來亞雖然光復了，但戰後百業蕭條農產摧毀，大多數窮鄉僻壤的村民都過著窮日子。我們鄰近有十來戶農家，少數農家穀倉裡有存糧，他們每餐都吃白飯滲番薯，至少還是令我羨慕的番薯粥。我則連番薯粥的味兒也不曾舔過！

——媽媽，為什麼我們不種稻？好幾次我想問媽媽，但話到

嘴邊就凝結了，怕會引起媽媽的眼淚。因為在我們晚餐時，對著
薯條湯、番薯葉和野茼蒿，好幾次我見到媽媽暗自神傷抽泣。我
年紀雖小，卻知道稻穀可以舂出白米。我目睹鄰家踏春碓舂穀，
一只腳支持身體，另一只腳一踏一放，「馬嘴」向春臼裡的穀粒
衝搗，衝擊次數多了，穀殼脫落就是白米。可惜四歲的我，沒喝
過奶粉也不曾嚐過香噴噴的米飯。

離我們家半里路的那小片耕地，過半被一壟壟的番薯藤縱
橫交錯佔據了，心臟似的葉片覆蓋著地面，稠密得連青草也難以
舒展勢力。另外一角為伏地生長的草類植物，就是粟米。粟米串
像鴨爪，我第一次到耕地好奇，指著非草非麥的植物問父親，他
說：「鴨腳粟，你天天吃的粟米粥就是採回去曬乾的種籽！」從
此我才知道每天填飽肚子的，除了番薯湯，還有鴨腳粟米煮成的
粟米粥。番薯和鴨腳粟易種，同時快速生長，為了短期內有收
獲，可能就是父親棄種旱稻的最大緣故。

鴨腳粟種籽初長時呈青色，成熟後變赤褐色，形狀類似風痧
丸。收採鴨腳粟，是一束束割下來曬乾，用木棒錘打使種籽脫離
粟串，清除雜物就剩下食用的粟米了。粟米和稻穀一樣，都是鳥
類的最愛，所以鴨腳粟將要成熟的時候，姐姐被父親喚去逐鳥。
斑鳩野鴿食量雖大，但數量不多；最令她們頭痛的是褐色羽翎的
野麻雀，嘰嘰嘰的成群結隊，常常作閃電式的俯衝，鑽入粟米叢
裡啄吃飽餐。稍為疏忽看守，大片粟米可能就變成蕩蕩的空串，
幾個月的血汗付諸東流。更加煩惱的是，野麻雀喜愛在薄暮時氛
出現，準備在我們的粟米園慶祝晚宴，她們無奈地悶在耕地裡，
被迫和耕作的爸爸媽媽每天早出晚歸。

　　我不時也跟姐姐們去耕地追逐鳥雀。遇到挖番薯的日子，好動的我就轉移目標了，因為那埋在壟土中的番薯實在令人驚喜。挖土前，首先把番薯蔓藤拔除，這時有些番薯也跟著被拔上來。爸爸這時用鋤頭把鬆泥鋤開，大大小小的番薯就露出土面了。媽媽跟在後面，一邊拾起番薯一邊順手拔去零落的根鬚，抖落貼粘的泥土，然後放進畚箕裡；畚箕盛滿了，就倒入爸爸腳踏車後座的竹籮裡。在當年，拾番薯不是苦差，反成為我幼年最感興奮的樂事，不必催促，我自動成為媽媽的幫手。

　　爸爸種植的番薯分好幾個品種，我最喜歡紅皮白肉的那種，雖然體型較小，卻生吃鮮嫩甜美；製成薯條，柔軟甘香，肚子餓時伸手往木桶一抓，送進嘴裡，可以一面咀嚼一面蹦跳，今天卻成了苦樂參半的童年回味。

　　粟米煮粥，媽媽不忘撒把鹽巴，算作調味。記憶中，我還吃過媽媽焙製的粟米餅。把粟米樁成粉末，加麵粉攪至糊狀，放進油鑊裡煎硬即成。缺乏糖，媽媽也是以鹽代糖，但也很香脆爽口。我們沒有石磨，樁粟米很費時費力，吃到粟米餅的機會不多。

　　在戰後離亂的年代，番薯和粟米伴我渡過一段苦難的童年歲月，讓我不倔的生命化悲涼為力量。

2008年4月22日南洋商報／商餘

童夢裡的煙葉味

　　種植煙草在大馬農業界，從未扮演過重要角色，但華裔靠煙草為生的歷史很早。我略懂人情世故時，住家茅屋的裡裡外外即混繞著濃烈的煙草味，那股難聞的裊裊氣流，辛澀刺激，終日不動聲色地衝撞我的鼻樑，噁心，卻揮之不去。滋長在童年的那種敵意，使我今天對煙草猶心存惡感。

　　那時，二戰剛結束，日軍撤離半島，百業在療傷期，糧食短缺，許多鄉野農家沒有米糧，我家除了種植番薯、木薯、粟米等雜糧之外，也兼種煙草，增加卑微的收入。煙草在那期間算是稀品。稀品未必市價好，父母親決意種煙草，完全基於環境所逼──開闢森林地原本為旱稻尋找生機，卻因豬群野鼠出沒而嘆氣。父親正在六神無主之際，忽然村友面授機宜。森林芭土壤肥沃，荒廢可惜，可以試種煙草啊！這句話把父親喚醒。

　　煙草鳥鼠不侵，又無豬害，是好建議。母親從旁慫恿。姐姐和我聽到甭驅逐鳥鼠，不禁暗喜。姐弟倆經常在番薯粟米地裡忙碌，從日出呼喚到日落，桑門都啞了，父親還在收成時挑剔，對著創傷纍纍的番薯木薯，向姐姐和我發飆、謾罵：「丟那媽，如果偷懶，老鼠咬過的爛番薯就留給你姐弟唒！」

　　「丟那媽」永遠是父親的經典。罵人或談話，都習慣置於最前端，媽媽說是父親的商號。

　　種植煙草就這麼敲定。種子不必花錢，同村鄰居自動贈送。褐色椎形的煙草實大如姆指，裡面藏著幾十粒芝麻般大小的黑種子，搗粹煙草實把種子撒在耕地上，不久即冒出一片油綠鮮嫩的煙苗了。

　　清理後的森林處女地，地質疏鬆肥沃，陽光充足氣溫潮潤，有道清澈小溪踏歌而來，是旱季裡滋潤農作的瓊漿玉液。這片新墾地無法圓父親的旱稻夢，我們全家繼續啃薯條過日子，確使父親在生活上蒙受打擊和挫折。收拾鬱悶的情緒，父親、堂哥揚起鋤頭，趁煙苗尚在苗圃之際，翻土整地，耕成一壟一壟；一個月後，待煙苗長到一呎多高，就移植到耕地上，一壟壟像種蔬菜一般，整齊有序。

　　移植煙苗前先澆水，使泥土鬆軟不傷苗根。拔苗歸媽媽一手包攬，這工作多在早上進行，驕陽猛烈時刻移植煙苗容易被灼傷，生長緩慢，所以父母親和堂哥清早就荷鋤趕路，中午一起回家休息，下午又重回芭場。我跟媽媽去過芭場，發覺種煙草其實沒有什麼好看，缺乏玩樂的項目；我寧願和姐姐去粟米地驅逐鳥兒，尤其是追趕那些伏地竄逃的鵪鶉，眼看擒到掌中卻又飛撲而去，非常刺激和逗趣。

　　一天中午，父親的腳踏車後架載著很多竹筒，一路推著回來。推著腳踏車，不是因為沉重，而是竹筒很長，踏著走腳踏車難以平衡。父親將竹筒放在屋簷下蔭涼的地方，大概曬乾的竹筒很難破開吧！翌日中午，父親回來時腳踏車又載滿竹筒，我納悶父親幹嗎要這麼多竹筒。「丟那媽！儂兒仔問這麼多做嗦？又冇幫得手。」父親用衣袖抹著額角豆粒大的汗珠，沒好氣地回話。

　　我自討沒趣，快快地走開，忽聞父親從後面傳出：「多幾日你就知。」

　　過了幾天，大概煙苗移植完工，父親和堂哥沒有再去芭場，用過早餐就把磨利的巴冷刀搬出來，將竹筒移到屋前空地上，開始工作。他們先將兩支木棒交叉打入地下，把竹筒一端架在木棒交叉處，竹筒另一端橫在地上，竹筒成三十五斜度，方便下刀。只見父親瞄準竹筒，巴冷刀寒光一劈，「啪」一聲響，竹筒對半裂開幾尺長，然後一手握刀一手用錘子猛敲巴冷刀背，整支長竹筒遂裂作兩瓣了。父親把兩邊青竹再破成寸闊的竹片。竹筒破成竹片後，工作還沒有完畢，還以小刀將竹片破作竹篾，又薄又長的竹篾。

　　平時我看父親砍柴，用盡平生氣力，但長長的青竹筒，即很輕易地在巴冷刀的「啪啪」聲中宛若裂帛撕巾般破開，而且破裂得均衡有序、大小齊整，就像機器鍘開一樣。整個早上，我就站在屋前的空地上，看父親和堂哥表演童稚眼裡的雜玩。竹紋垂直如線，長大後才明白「勢如破竹」的真切。

　　耗費好幾天時間，父親、堂哥才把竹筒破成竹篾。竹篾可以編織畚箕和籮筐，父母親都熟悉這門工夫，大概是廣西容縣早年鄉民的手藝，隨父母飄洋過海流落南洋。家裡的竹編用具全是雙親的配套。但是，一次過用那麼多竹篾，顯然另有用途。我知道這回非做畚箕或竹籮，但不敢出口問，我怕聽父親「丟那媽」那句經典。從童年時代至成長，我對廣西人這句口頭禪都極度排拆。

　　我的好奇心在燃燒，卻強忍著，等待父親的新一輪演出。

一天中午父親巡視煙草回來，搬了張凳子坐在竹篾堆前，雙手拿起篾片卻沒有進行編織，看著手中的竹篾，久久欲動不動，進入沉思，彷彿回到原鄉尋覓荒古的記憶。父親要編製甚麼我當然不懂，但我肯定他是忘了竹器的版圖，要重新挖掘。正在猶豫不決之際，媽媽剛巧走去井邊汲水。

「丟那媽，快來快來，忘記織煙屏要怎樣起頭。」父親向媽媽喚道。我沒猜錯，經過歲月淘瀾，不止鄉情在時間裡淡去，複雜的祖傳手藝也漸漸從父親的腦波抽離、挖掘不出了。媽媽比父親年輕近三十歲，頭腦也較父親精明，很多事母親都是父親的救兵。

媽媽放下水桶走過來，拿起幾片竹篾大剌剌編織起來。從那一刻我懂得竹篾的用途了，父親要編製「煙屏」。煙屏有什麼用？當然我敢問媽媽。媽媽對子女沒有三字經，只有慈愛與溫柔，是我畢生享受不盡的溫馨能量。細長的竹篾，在媽媽手指穿進抽出之下，一來一往，不久即製成一個框架，長寬如同一扇大門。哦哦，記得了，記得了。父親拍腿嚷道。忙接過媽媽手中的煙屏框架，接下去編織；約莫一句鐘，大工告成了。

真的，煙屏大小就像一扇門，用竹篾編造的一扇門；但是框架內竹篾的洞眼很大，有如籬笆網。煙屏曬煙葉用的，洞眼當然要大。媽媽說。媽媽汲水，挑回家裡，然後出來幫忙編織煙屏，媽媽的十指靈活，穿插推拉，好像縫衣一般，長長的竹篾轉眼間變短了，趕緊又抽出另一條竹篾銜接。一個星期後，大堆竹篾不見了，換來的是堆疊齊整高過我的煙屏。

織好了煙屏卻虛放著，父親好像忘記了它們的存在，每天和

堂哥回到芭地鋤草灌溉。只有我不時留意那疊煙屏，有事無事走近撫摸幾下，想從那些竹篾間密密麻麻的洞眼揣測和尋找曬煙的秘密。長達整個月，沒有絲毫動靜，直到我對煙屏的好奇意興闌珊。

「丟那媽，煙葉終於成熟了，明早就收採。」有天下午父親推腳踏車進門，即刻向媽媽報導好消息。接連勞累了數月，收獲是全家人的夢想。翌日父親吹著口哨出門，不久載著一籮筐回來，綠油油的煙葉疊得滿滿。堂哥只顧收採煙葉，留在芭地裡，父親用腳踏車來回迅速，到傍晚整十籮筐煙葉攤在廳堂裡。翌日又繼續收採，幾天累積把廳堂舖成一片綠海，煙葉煙葉煙葉，只留下狹窄的空間供行走。

煙屏空擺，寧可讓煙葉堆積廳堂，我真不明白，問媽媽。快了，煙葉等晾軟才上屏，曬乾後煙味濃厚，賣到好價。媽媽總是有問必答，而且嗓音馨柔。個把星期成熟煙葉採完了，下一輪收採要等幾天讓嫩葉成長。這期間正好給家人曬煙葉。煙葉要先貼在煙屏上，才可擺在陽光下曬。貼煙葉雖然輕鬆容易，卻是耗時和傷神的工作。父親將幾疊煙屏搬進廳堂，把一片平放在地面，將煙葉一張張有序地貼上去，貼滿了用另一片煙屏蓋下去，再以兩頭削尖的竹枝分首、中、尾、三部分串插，煙葉被煙屏夾在中間，這樣就可以拿出去曬了。

在孩童心目中，貼煙葉這玩意兒很新奇，自然急於參與。年紀僅大我幾歲，姐姐足以勝任，父親偏不允許我參加。「丟那媽，葉片頭尾都冇識分，疊得歪歪斜斜，好似雞尋蚯蚓亂抓亂爬；搞亂世界，唔得唔得！」

　　我委曲地楞住，傷心得想哭。媽媽懂得憐恤我的沮喪，牽我到一邊，捎來一片煙屏，再送來一疊煙葉，輕聲說，「你在這裡玩，爸爸不會管。」我心中一樂，盡忘了先前父親的訶責。收工的時候，媽媽走過來把我貼得歪斜的煙葉重新調整。唔，貼得好，貼得好！媽媽口中稱讚不絕。我明知是隨口的安慰，心裡卻感覺舒貼不已。

　　首輪收採的煙葉長在底莖，又厚又大片，貼滿煙葉煙屏加重了負量，孩童氣力不足，所以曬煙葉收煙葉都不是姐姐和我的份內事。煙葉不能淋雨，雨水涮走煙油，使煙葉降質。曬煙葉除要每天早晚搬進搬出，還得注意氣候陰晴變化，故曬煙葉的過程也不簡單。可姐姐和我這時期可樂了，又多了一個遊樂場地。原來曬煙葉形成的圖案那麼優美，煙屏不是平鋪在地上，而是兩屏相對作「人」字豎立，一排排像椎型隧道，我們可以在裡面藏躲或爬進爬出。盡管太陽炙熱地從高空瀉落，煙屏內卻涼快如置身樹蔭底下，一系列壯觀齊整的臨時「隧道」，化為我們姐弟捉迷藏的屏障。有時整個早上，都在煙屏隧道裡磨蹭；當然，我們也有「失足」的時候，踢翻煙屏而無力排好，結局是遭受父親的經典訓導。

　　種植煙草雖則少蟲害，鳥鼠不侵，但也非輕鬆簡單的農作，首輪煙葉尚未曬乾，次輪煙葉又成熟待採了，得準備多餘的煙屏來處理。天氣晴朗，煙葉一周就曬乾了，連煙屏儲藏在蔭涼的地方讓煙葉因潮濕而軟化，才可以拆開煙屏收藏。乾煙葉從煙屏上逐片逐片除下，疊到一尺多即繃作一綑一綑，等待出售。

　　乾煙葉的氣味很濃，非常嗆鼻。茅屋簡陋，沒有倉房，父親

把乾煙積放在大廳通往廚房的走廊兩邊，一綑綑往上疊，愈疊愈高。第三輪煙葉曬乾的時候，走廊似乎無路可走了，辛澀的煙味也跟著升高濃度；尤其到了晚間門窗緊掩的時刻，整棟房子都是襲鼻嗆喉的異味。

　　那種濃烈的煙味，何止登堂入室，還幽然濃罩著我童年的夢境！

2010年1月10日星洲日報〈文藝春秋〉版

已開花結籽的煙葉（蔡友輝攝）

煙屏（陳建榮攝）

米荒年代

　　繼印尼大海嘯之後，如今又遇緬甸大風暴和四川大地震，世界可說是多災多難。一個更重要的世界性問題也踵接而來，就是我們將進入高油價和高糧價時代。高油價和高糧價當然不是好景象，但是只要袋子有錢，市場上還是可以買到白米。

　　二戰期間，馬來半島許多地方也鬧過米荒；問題一直延續到蝗軍撤退後初期，米糧仍然供應不足，尤其住在僻野荒村的農戶，除少數農戶種植旱稻，很多都靠雜糧度日。我家有一段頗長的日子，便是依賴番薯、木薯和粟米溫飽，聞不到米香。

　　那是我童年最難遺忘的日子。父母依賴小小的一片耕地養活全家，我們一日三餐所吃的就是番薯條、粟米粥，中間摻雜也啃木薯、大薯。總之，蝗軍潰退，英軍重新登陸半島，對深受戰爭影響的赤貧農民來說，只是紓緩了軍刀慘酷的陰影，生活上依然處於半饑餓狀態。

　　有一天，父親從小鎮回來，捎來一個好消息：英政府將在某月某日依戶分發白米。這確是個振奮人心的新聞，我們捱雜糧度過好長的一段日子，連做夢都想到香噴噴的米飯。我有一個叔叔住在鄰近，他家裡男丁多，除了種植雜糧還種旱稻，自然桌上常聞米香。我第一次對白飯留下印象，就是從叔叔家裡開始的；但是卻從未在叔叔家裡吃過飯。我們家窮，母親卻很有骨氣，「看

見別人開飯，就得回家！」母親經常告誡我。所以，飯香飯香，我只聞過飯香，白飯味兒卻從未親嚐。那一粒粒潔白亮麗的盆中餐，在我年幼的心懷具有多大的誘惑力呵！

「紅毛鬼送米糧，沒聽錯吧！」母親對英政府惠民的措施有點懷疑，但是消息在每個農村裡傳開，不管是真是假，那天大家一齊擁進小鎮。父親也不落人後，天剛露曙色即跨上他那輛老爺腳踏車，隨眾人去小鎮等候。對傳聞半信半疑的母親，這天彷彿也特別開心，還頻頻催促父親路上小心。

母親照舊帶我們去番薯園拔草，兼驅逐鳥雀。中午時分父親來到園地，腳踏車還未停下就向我們大聲喚道：「我們得到一包白米！一麻袋的白米！」

母親這時也掀起微笑，說：「原來是真的，紅毛鬼沒有騙人！」

也許太高興了，父親宣佈提早放工，以示慶祝。一路上，我心裡一直想著一大包白米，想著今晚桌上有一碗香飯，第一次出現在自己面前。那種流露著童真的興奮和喜悅，沒到晚餐便蕩然消失了。

父親把那包白米放在廚房，還特地用幾根木條墊高，防止潮濕。那年代的米包，不是現在的塑膠袋，一小包十或二十公斤。那時市面上只有麻包，一包米足足有一百斤重，驃形大漢才扛得動。父親將麻袋割開，母親驚呼道：「怎會是石灰米？紅毛鬼騙人！」她用手掏了一把，發現還摻有不少泥沙等雜物。

英政府送來的白米，顯然是劣等貨。那晚擺在桌上的米飯，一點都不香；不但不香，簡直難以下嚥，每一口飯都含有沙礫，

磨得牙齒克克響。說真話，我寧可啃番薯條，細軟中帶有甘甜的餘味。父親說白米摻石灰，是為了防蛀蟲。我想是真的。同時又是體恤民困的贈送品，我們應該感恩，父親說。母親花掉幾天時間，篩除石灰、剔撿沙礫，再倒在草蓆上曝曬，才儲藏在木桶裡。母親經過一番心血，石灰米才回復本質，稍為可口。我問母親「紅毛鬼」送的白米為何不能煮出香噴噴的米飯，母親說只有「禾芭米」的飯才香、才柔軟和富口感。「禾芭米」就是旱稻米。華人多數沒有田地，只有種植與水稻不同品種的旱稻。

那包白米我們吃足三個月。記得我們只吃過兩餐米飯，其他的日子，母親都是把白米和薯條混合，煮成薯條粥，或滲在粟米裡變成粟米粥。母親是目不識丁的鄉下婦女，卻懂得在廚藝上自通，尋找變化，在米荒的日子裡滿足眾人的味蕾。

2008年10月12日星洲日報〈文藝春秋〉版

辜卡兵的禮物

辜卡兵清早在我家出現，激起我的怨怒，但不稍半天，又變為我企盼的訪客，在大門外守望他們躂躂的腳步聲。幼童心靈情緒的變化，卻因小小的施予和恩惠而急速顛覆，或許那也算是童真的自然流露……。

我出生時，兵慌馬亂，太陽旗覆蓋整個半島。說來也真幸運，直到美軍在廣島投下原子彈，蝗軍宣佈投降、倉皇撤退，我都不曾見過日本兵。他們逼供良民的凶悍慘暴，姦淫濫殺的種種惡行，我也只是從父字輩口中略知一二。

能夠避開戰亂，不受牽累，和我們偏居荒野不無關系。那時候我們住在小鎮江沙通往實兆遠半路的村野。說「村」其是還誇大，不過四、五戶住宅，算毫無規劃的聚落吧！這個聚落既荒涼且離開馬路又遠，鄉民吃不飽穿不暖，靠番薯木薯等雜糧度日，所以還不夠資格成為日軍騷擾和掠奪的目標。

這是被忽略的好處。荒蠻之鄉，赤貧的農家，日不掩戶，夜不閉門，小偷也從不在周遭活動。這樣遠離城鎮的聚落，要不是父親為了鹽油從小鎮捎回消息，我們跟本不知時局的變化，戰爭與和平，幾乎都很少人談起。這樣平靜的日子，比居住鬧市惶惶不可終日慶幸得多。

　　終於有一日，我們靜寂的生活步調被荷槍實彈的兵隊搗亂了。天未破曉，沉重的踏地聲，劈劈啪啪的步伐，像一陣旋風，毫無預告地捲到我們無比簡陋的屋簷下；也像一陣風，突然間在我們的屋簷下消逝得無蹤無影。

　　屋簷下突然來了七、八個步兵，又逢戰亂時期，敵友難分，難怪整家上下驚慌失措。除了父親和堂哥，其他成員大概都不曾見過槍桿和子彈，何況年幼僅四歲的我。如今，來的竟然是一群荷槍實彈的兵隊，大刺刺貼近了我們的門邊，還解下背囊歇腳。這，可真不是件小事！

　　腳步聲剛停下，接著就傳出了嘰哩咕嚕的談話，一種全家都聽不懂的語言。父親驚慌中叫醒堂哥，我想是找伴壯膽，然後囑咐我們守在房間，千萬別亂走動。父親和堂哥拿著山豬刺和木棍，躡手躡腳走出門外，觀看好一陣子又回到屋裡，似乎放下心頭大石。

　　「沒事，是過路的辜卡兵！」父親的語氣淡定平和，大家跟著鬆了一口氣。我只聽過紅毛兵、日本兵、馬來兵，卻不知道那裡來的辜卡兵。父親多見廣聞，既然父親認為「沒事」，大家的戒備心就鬆懈了。母親對士兵的印象向來惡劣，還是不肯讓姐姐和我走出戶外。直到天露曙光，門外不見有什麼異舉，母親才放寬了對我們的行動約束。

　　心神安定之後，母親開始起火煮開水準備早餐。這時門外靜謐無聲，應該他們都在蓄精養神，以備跋涉另一個陣地吧！

　　怒目兇臉、心謀不軌，是我童年心裡最早出現對士兵的框架。可能長者敘述的負面事跡太多了，我小小年紀就深受影響。

可是當我走出大門，一個辜卡兵卻從行囊裡取出一包餅乾，向我招手，雖然我會意，但心中抗拒的意識非常強烈。他口中嘰哩咕嚕，我不懂他說什麼。我連看多一眼都覺得可恥，恨不得他們馬上離開。

他們穿著綠色軍裝，帆布長靴，臃腫的背囊御在地上，在靜靜養神；可手上的槍桿依然緊緊揸著，擺出毫不鬆懈隨時戒備的姿態。從他們疲憊的神情看去，顯然經過長途勞累，正尋覓一個庇佑所稍息，竟找上我們破爛的舊宅。

略過了約半句鐘，有幾個辜卡兵站起來，看見我們屋前種著廿多株木薯，長得異常茂盛，竟不打招呼就走過去，拔出腰間的佩刀，把木薯莖削去，整株拔起來。一連拔起好幾株，每株都吊著五、六條木薯。掠奪我們窮戶的糧食，站在門前的父親呆呆地看著，卻不敢哼一聲。原本滿肚子怨氣的我，很想衝上前擂他們幾拳，但看見他們手上寒光閃閃的軍刀，我的拳頭舉不起來，只有怒目鎖緊他們，彷彿這樣可以消除些許憤懣。

屋前的空地原本長滿雜草，因靠近住家，顯得非常礙眼，於是媽媽有空就執起鋤頭，一鋤一鋤把荒地整理，不知掉了多少汗珠才把蔓草消滅。有一天，媽媽從芭場回來，帶回廿多枝木薯莖，見到我在門外戲鬧，於是就喊：

「亞弟，來，我們種木薯。」說完就以鋤頭開始在空地上挖穴。

我到過芭場，看過爸爸和媽媽種植各種農作，包括木薯。我聽了馬上上前，撿起地上的木薯莖，嵌在媽媽挖好的小穴，每穴

一枝，然後培土，用腳踏平。鋤鬆的泥土，耕種倒輕鬆；只是媽媽挖穴吃力，因為鋤頭沉重，媽媽體輕。所以媽媽一邊鋤額間的汗珠一邊滴落。但是，媽媽握緊鋤頭的雙手並沒有停歇，或者緩慢下來。在我童年的記憶裡，媽媽向來比爸爸勤奮；爸爸從芭地回來，就只顧抽他的水煙筒，事事都不關心了。

「媽媽，你累不累？」我忽然停下，問。「不累。」，回應了一聲，媽媽頭也不回，繼續挖穴，直到我們把木薯莖種完，媽媽才放下鋤頭，我們到到井邊汲水洗手，忽聞廚房傳來姐姐的聲音，「媽媽，開飯囉！」

木薯易長，通常根薯要整年才成熟，那時還沒有出現農藥，其間幾乎每個月都要拔除蔓草一次。木薯種下幾個月後就開始長根薯，「薯塊接近土面，除野草不能用鋤頭，要用手拔」，媽媽說。當然，拔野草又是我們母子倆。

所以，那片木薯葉綠莖粗，有媽媽的汗滴，也有我的汗滴。將近一年的付出，正當收穫之際，被陌生客明搶掠奪，我那炷洶涌的怒火如何能熄滅！但是，家庭成員中，我年紀最幼，見大人全都靜默，我握緊的小拳頭始終伸不出去。

還好，他們拔了幾株即停手了，估計夠吃了，我想。他們把木薯拿到井邊，刮皮，洗乾淨，用我們的汲水桶盛到家裡，其中一個向父親嘰哩咕嚕指手劃腳，就拿進廚房裡，倒入鑊裡煮。媽媽每次煮番薯和木薯，都切成小塊，辜卡兵的粗獷作風則是整條下鑊。

他們起火不用火柴，從褲袋裡取出一個小鐵盒，拉開蓋，用

拇指一撥，竟然有一烈細細的火焰冒出來。那火焰竟然可以用來點燃。父親後來告訴我，那個小鐵盒叫做打火機。

受到辜卡兵騷擾，那天我們全家休息，不出門。正當煮木薯的柴火盛旺的時候，一個看似領隊模樣的辜卡兵突接聽無線電話，嘰哩咕嚕一陣，帶著滿臉無可奈何的神色發出號令，全體士兵馬上整裝，收拾水罐、揹起行囊，一窩蜂上路了。

這時候，先前那幾個抽刀砍木薯的士兵，伸手從背囊摸索，取出好幾罐罐頭和五、六包餅乾，劈劈啪啪拋在門前，跟著其他同伴一溜煙跑了，步伐非常倉促。我們全家都楞住了，不知究竟發生了什麼事情。我望著他們綠色的背影從屋旁迅速縮小，最後那個辜卡兵還轉回頭，用手不斷指著地上撒落的那些東西，不知當作木薯的賠償，還是禮物。

等到辜卡兵的影子完全消失了，我們才敢去撿地上的東西。「罐頭牛肉、罐頭豬肉、罐頭吞拿魚……」，父親一邊拾罐頭，一邊唸。姐姐和我都不知罐頭的滋味，只顧著搶奪包裝精致的餅乾。啊！真不錯，都是「夾心餅」。母親稱讚。所謂夾心餅，即兩片餅中間夾一層香甜的油脂，屬於上等品質。

那是我出世以來嚐到最香最脆最甜的餅乾。那些罐頭，母親一罐分作幾次配青菜煮，吃了近兩星期呢！餅乾和罐頭吃完後，連續好幾天，我大清早坐在屋簷下，癡癡地望著前面那條小路，希望再有一隊辜卡兵馬揹著行囊經過，等著他們抽刀劈砍屋前剩下的木薯。

可是，辜卡兵始終沒有再出現。

2008年10月12日星洲日報〈文藝春秋〉版
2010年9月22日修定

父親的醫療術

　　四十年代缺乏醫療所，尤其偏居野地，生病是件麻煩的大事。所幸我們家裡，父親懂得多種草藥，普通病症都由他出手治療。印象中，到我四、五歲時，全家大小似乎不曾入過醫院。甚至，幾個姐姐和我出世，是由鄰居阿婆接生的，顯然母親也不曾住過醫院。

　　父親在原鄉讀過私塾，惟程度有限，只算略識之無。我是從父親閱讀報章發現這個祕密。我唸高小的時候，偶爾買報紙，有次我在翻讀，父親從旁掃瞄，突然驚叫：「什麼，英國和德國決戰？」那時我正在瀏覽體育版！

　　不過，懂得藥草和認識文字關系不大。識字只是方便記錄和流傳。父親即因為識字有限，他的醫療術因無記錄而失傳。父親年青就飄洋過海，在半島跑過許多碼頭，落腳處都是荒山僻野。他的醫療知識究竟得自家鄉祖傳，還是朋友相授與經驗累積，我從來沒有問過。在那個年代，那種環境，作為一家之主，懂得三幾招醫術，當然受用無窮。我想父親認識藥草與學習普通醫療為情勢所需，或者所逼。

　　有一種叫艾草的植物，長狀就像我們家裡的菊花，連葉片也相似。父親把艾草當作鎮家之寶。把艾草葉片採下、曬乾，藏在藥箱裡隨時取用，經年不腐。艾草莖高約兩咪，葉背長滿細毛，

花淡褐色，味道極苦。

　　小時候，我們姐弟都極憎恨艾草，因為它令我們受盡皮肉之苦。無論是傷寒、是肚痛、是嘔吐，父親都是搬出藥箱子，取出艾草葉，放在掌心搓呀搓，搓成一粒米大的艾炷，命令我們躺臥，把薑片貼在我們身體的穴位，將艾炷立在薑片上，用香炷點燃。

　　這種醫療叫「艾灸」。父親說這是他小時候祖家的傳統祛病法，很見效。我真的很怕很怕，很怕見到那米立大的艾炷，被點著後燃燒的紅點。有一次我不知患了什麼病，周身時冷時熱，食欲不震，幾天都不見好轉，母親焦慮極了；父親於是拿出家當，剝光了我的衣服，把我按在床上，施展他獨特的艾草薰療法。

　　父親的手指在我的肚臍周圍懦動，尋找穴位，然後把母親切好的薑片貼在肚臍上邊。我目不轉睛地看著那粒艾炷的紅點，徐徐地往下移動，我的心臟跟著加速跳動，等到紅點接觸薑片時，我開始喚叫了，「不要！不要！」。可是，我愈喊叫，就感覺得愈痛，可能艾火吃進薑片了。父親怒目圓睜，對我的嘶叫視而不聞，只用中指和食指在薑片兩旁不停輕輕爬梳，企圖減輕我的疼痛。效應當然有，但灼燒的感覺還是十分難忍。

　　受難一般熬過了兩炷艾火，我正想翻身爬起來，想愈快逃離現場愈好。怎知道父親的反應比我還快，在我轉身之際兩手把我捉緊，大聲說，「慢著，現在輪到燒腰背！」我一聽，幾乎要昏倒了。肚臍邊薰的兩炷艾草，已痛得我死去活來，再命我翻轉身體，在腰間貼黏薑片，不知還要忍受多少炷艾火。我開始哭泣了，不要不要，我又再大聲叫嚷，拼命掙扎，惟眼淚並不能令父

親心動。

「不要亂動，越動就越痛！」從語氣聽，父親沒有一點憐憫之心。

這時我兩眼瞪著床板，看不見燃燒的紅點了，但是灼痛的感覺依然一陣比一陣強烈，難受。

那次艾灸，不清楚父親一共在我身上貼了多少炷艾粒，只記身上疼痛了半小時，灼得我滿身揮汗，四肢疲憊。雖然受盡皮肉之苦，但是很奇怪，第二天我全身輕鬆了。

父親的醫療術的確蠻有效應，特別是他的艾灸。很多芳鄰身體不適，也向父親求助。父親慷慨大方，從不收取費用。大人艾灸，父親卻以一支木棒丈量穴位。如要薰灸身體前面，他叫病人兩肘彎曲，木棒置於肘間貼緊腹部。背後則木棒反扣腰際。我從不放過觀看父親艾灸，惟迄今尚未破解父親如何憑一根木棒找到艾灸穴位的密碼。

艾灸是華人民間的傳統醫療。父親直到晚年，還用來治療他的風濕病。艾灸的最大缺點，是有時會灼傷皮膚，留下紀念。我的大姐頭額兩邊刻上的疤痕，就是艾灸的印記。所以，不要小看那粒米大的紅點，它會貼成胎痣，永遠無法從我們的皮層裡抽離。

除了艾灸，父親也略懂跌打消腫。有一回，我去看眾人捕獵野豬，二姐為了帶我回家午餐，不料摔落陷阱，折傷了腳踝。父親從曠野上尋找一種低矮的藥草，疏疏落落的葉片，淡紫而尖長，細細高高的花柱舉起白色小花。這叫「消山虎」，父親說。他將消山虎搗得稀爛，敷在二姐腳踝傷處，每兩天換一帖。兩周

後二姐的腳踝不但消腫了,也恢復了走路能力。我還知道父親會治理內傷。森林中有種掌狀綠葉的貼地生植物,每一掌葉分成七片葉子,每株植物只長出一枝香炷般的花枝,故土話稱之「七葉一枝香」。植物的根薯有點像麥冬,父親把根薯挖起,曬乾後收藏,可治體內瘀血。用法是摻豬肉燉煮,內服。堂哥小時撞傷脊骨,操作粗重的工作就會隱隱作痛,自從服過父親的七葉一枝香,與腰痛從此絕緣。

肚子鼓氣,久鬱不散,父親也有妙法。這個醫療很特別。他把沾過食油的燈蕊放進冬菜甕裡,點燃燈蕊,迅速將冬菜甕倒蓋在病人肚子上,等氧氣燒完燈蕊熄滅,用力把甕拔除,只聽聞「啪」的一聲響。如此重複多次,腸氣即消除了。冬菜甕和燈蕊也能治病,真的好神奇!

婦女產後,用「大風艾」煲水洗澡,是鄉下婦女常用的驅風良方;祛熱消氣,在背部「刮痧」,刮到紅點斑斑,熱氣即除了。這些都是父親當年循環引用的醫療處方,效果彰顯,曾經獲得左鄰右舍的認同與掌聲。可惜卻成為遠去的記憶了。

翻閱童年,想起父親靠經驗累積的多種醫療術,因他的歸隱而失傳了,心裡不禁憮然。同時摻雜著一份懺意。

註:真是巧合,此文完成當天(23/6/08),星洲日報綜合版圖文並茂報導,艾灸在日本已有350歷史。這種古老醫療現在仍流行,可見艾灸不單是華人的傳統醫術。

2008年10月12日星洲日報〈文藝春秋〉版

相片的祕密

　　我的父親大母親二十多歲。以當時甚至現代社會婚嫁習俗而言，父親都算晚婚，做了超齡新郎。

　　這樣的歲數搭配，用亮麗一點的形容詞就是白髮紅顏，有幾分浪漫意識。

　　什麼時候母親過門我們林家，我年輕時沒有問過父親，現在更無從問起了。大概在二十年代中期吧，當時父親年紀已四十出頭了，母親不過二十歲的花樣年華。

　　那時父親已在馬來半島胼手胝足了三十年，母親仍是原鄉待字閨中的少女。一對年齡懸殊、天南地北的陌生男女，能夠蒂結連理、配成夫妻，多少帶著幾分懸疑。父親一直把實情隱瞞，從來沒有在子女面前吐露過任何蛛絲馬跡；或許父親的招親含有「蒙騙」意識，手段欠缺光明，所以不敢把和母親這段過往婚事細說從頭。

　　──父親當年以一張舊相片去相親！

　　父親真的存心欺騙嗎？到今天我還不能確定。不過，可以想像在那個半文明年代，那種荒涼淒慘的的環境，父親在情急之下用了舊相片，因為造相可能是樁大費周章的事啊！

　　一個出生在廣西貧困家庭的少女，長期飽受饑寒孤苦的燻熬，心坎裡應該早就有了南洋的豐裕版圖，遠嫁乃夢寐以求的

事，忽然見到容貌堂堂的壯男像片，加上水客甜言蜜語之推波助瀾，少女怦然心動也很自然的，我想。

對一張連姓名都陌生的相片，能激起真情感嗎？怕連她自己都難回答。城府單純的她似乎沒有經過什麼思考，就將終身幸福孤注一擲，把往後的日子交給一張有點泛黃的影照。或許，她想趁此一躍，逃離熬煉了二十年的故里，甩掉貧困。

南洋，南洋，成為鄉親茶餘飯後男男女女話題遍地黃金無限生機的南洋，她要將豐衣足食的夢魂南洋化成真實。她很難理解或猜測相片背後的真實與虛幻。當她看見從相片裡走出來的人物，有異於心目中想像的，而關山已成為千呼萬喚也回不了的一片飄渺雲海。她在煢煢孤獨裡，面對陌生的環境與人物，就像馬車駛進了一條死胡同，除了停下來聽從命運擺佈，她已無第二個抉擇了。

有句淒切的詞可以形容，「淚痕紅浥絞綃透」，一切都已經太晚，米已成炊，就嫁雞隨雞吧！她哭盡了三天三夜後，終於自動撫平情緒，披上了嫁衣，進入了柴門。

這個身材瘦矮的廣西鄉下女，就是姐姐、妹妹和我的母親。

揭開這個謎樣往事的人是我的舅母。假如不是我中年以後遇到舅母，我永遠無法走進父母親這段詭譎懸疑的婚姻境域；雖然自小，我長期對父母親的年齡懸殊有過各種猜疑。

高中畢業後我通過表哥推薦進入園坵服務，那時舅母住在泰南勿洞，十多年後幾經艱難舅母始獲移居大馬，與表哥同住。身在異鄉，舅母算是我唯一的至親。她老人家最愛追述家事，每提

起家事，舅母不放過數落父親：

「阿弟，你伯爺要不是耍手段，你阿嬸怎會看上他！兩腮花白了還唔知醜，扮懵，用靚仔照給媒人回鄉找娘子，把你阿嬸騙過來番邦——做佢伯爺還嫌老哪！」類似這樣的話，舅母不知重複了多少次。

與舅母對談，她老人家總愛挖掘父親的醜事，處處詆貶父親。總之，父親在舅母眼裡，沒有做過任何稍值誇獎甚至稍為體面的事。雖然那時候我已四十出頭了，舅母對父親依然慍怒憤懣，緊咬不放。廣西人口語稱父親做伯爺，舅母口中的阿嬸，就是我的母親。我們姐弟妹從呀呀學語到長大都阿嬸前阿嬸後稱呼母親，說是稱呼疏遠容易撫養，少病。

二十年代離鄉背井，過番南渡的多是壯漢，即使有家室的也泰半孤身飄泊，在生活安定、事業有成後才回鄉迎接妻兒；單身漢則克勤拼搏，捱有積蓄，多數親自返鄉物色伴侶。至於父親對婚姻緣何竟如此草率，任由水客擺佈呢？或許因為兩鬢花白，為掩飾無法挽回的流逝歲月，索性讓一張像片去決定終身大事。

或許是，或許不是。我不敢斷定。

舅父母原居泰南勿洞，舅父早喪，表哥移居檳島之後，舅母幾經艱苦排除萬難申請始能轉換國際，跟隨表哥。舅父對他妹妹這段老少配，雖從未向我們吐露心聲，但站在哥哥的立場，不悅的情緒總免不了。舅母說，舅父第一次見過父親，回到勿洞劈頭就說，「丟那媽，睇相真不可靠，阿妹看走了眼，妹夫大過舅子！」

舅母不曾見過父親，她對父親發出的嘮騷，顯然是受舅父

的潛移默化影響。舅父受過文化燻陶，文筆流暢，與祖家書信往還頻繁。我們被隱瞞了幾十年，聽了舅母一再投訴，我得調整自己，放鬆心情，因為舅母總是站在母親那邊說話。這是可以理解的，騷擾父親以舊時相片換取一段婚姻，也是可以理解的。舅母還衝著我揶揄父親，說：「你伯爺過番好幾十年，都是做散工，到處流浪，連間庇茅寮都搭不起來，真冇鬼用！」

雖然舅母的話刺痛了我的心，但這點我得承認。父親連寫封書信都須托人代勞，從年輕到年老，用勞力的活兒三十六行都沾過，就沒有一樣拼得成功；莫說成功，即連舒服一點的日子也不曾有過。但是，事過境遷，那時父親過世都快十載了，舅母猶念念不忘地翻舊賬，好像要把母親的不幸遭遇、委曲冤情全部轉移在我身上。舅母說話連珠帶砲，我只有沉默地聆聽，怯於反駁。舅母其實不無道理，舅父年輕的時候在勿洞就擁有一片不小的橡膠園。父親離開原鄉容縣赤貧的簞峒沖，輾轉落足馬來半島，勞勞碌碌大半生，到我十歲那年我們才在別人的膠園裡搭起一間堪避風雨的「亞答」[1]屋，歷盡滄桑東搬西遷長久的流離才終結了。

其實亞答屋還是母親與堂哥在每天割膠之餘，東湊西拼自砍雜樹建造的，嚴格地說父親也沾不到什麼光。

父親身材魁梧，虎背熊腰，眉濃眼大，傲立儼然是施耐庵筆下的十萬禁軍教頭林沖。從外型看，父親真的是一名威武的鐵錚錚漢子，除了歲數上的落差，其餘條件哪一點配不上母親？雙方也來自僻野窮鄉。

---

[1]　亞答，又名水椰樹，棕櫚科植物，嫩果可食用，葉子可以編織及蓋房子。

　　我是晚生兒，沒有看過父親年青時的模板；僅從老年相貌追溯過去的蛛絲馬跡，相信父親曾經是玉樹臨風的男子。童年時我住過新村，於眼芸芸四百餘戶住宅中，父親的身型依然超群出眾，提起「高佬桂」全村無人不曉。還有父親那輛特高的老爺腳踏車，沒有人借用過，因為雙腳踩不著踏板。那輛我童年即出現的腳踏車，陪父親走過一生。

　　除了吸煙，我找不到父親其他不良嗜好。橡林裡處處蚊子紛飛，靠割樹膠為生的人家，幾乎都是煙客，舅母和母親也吸煙。父親在我眼中的缺點或許是不懂節約：鮮明的例子他要自製一支鋤頭柄，他不向木匠借而去買一個新刨；一個新刨比一支鋤頭柄貴好幾倍。他持的理由是刨子以後製鋤柄還可用，但是他買的刨子用過一次後就棄擲牆角至腐蝕，變為朽鐵。對工作父親還蠻盡責勤奮，但際遇和造化奇差，我想父親就是欠缺一個時運。

　　若追源溯舊，父親一生最大的成就，大概只有籌足盤費迎娶母親，和匡扶堂哥、叔父過番這兩樁大事吧！飄零孤苦了幾十個寒暑，到了兩鬢翻白的時刻，誰都想找個伴洗衣和煮飯，讓接下來的日子守望相助和舒適些。至於父親是否真個藉舊相片取巧掩蓋年齡，這事件隨雙親遠去，已變作我們家族永遠揭不開的謎團了。

2009年7月12日星洲日報〈文藝春秋〉版

舀水摸魚

　　捉鳥摸魚，是我童年的最愛。不只是我，凡孩子我想都有相同的嗜好。大人摸魚，志在餐桌上添增美味。這和孩童心情悖逆。小孩摸魚純然出於玩樂和嬉戲，是一派童真的流露釋放，是生命譜寫回憶的樂章。

　　四十年代的水潭、稻田與河流，清澈見底，立岸可觀賞悠游自在的魚群。那年代，人們生活簡單、思想純樸，沒有人懂得用農藥捕魚（也可能市面上還沒有農藥），或利用水泵汲水摸魚。那年代的捕魚方法原始簡單，馬來人垂釣、撒網、放魚籠，華人靠勞力，舀水摸魚。

　　能夠用水桶以兩只手舀乾水摸魚的，只有潭水或河水，而且是面積很小的水潭；河水只有旱季斷流時，在低窪的河灣可以舀水。父親除了招朋呼友挖陷阱獵野豬，也不時到鄰近的河流與水潭尋找魚蹤。豬肉吃膩了，自然就會想到新鮮油滑的魚肉。僻居曠野，大海遙遠，要吃鮮魚，只有親自動手捕撈。深水海鮮，彷彿和我們鄉野村民隔著多重山幾重林。小小年紀的我，見過吃過的魚，全都是從田野、河流捕獲的，其中泥潭捕捉的最多，那是父親和堂哥從泥淖裡逐條逐條摸上來的。

　　出發前，先要準備煤油桶、鋤頭和柴刀。以前商用煤油是裝配在廿公升的四角長型鐵桶裡，一瓶一瓶抽出來零售。塑膠品未

出現之前，煤油桶洗滌乾淨，是民間最經濟的盛水用具，幾乎家家都採用；可以盛水、舀水，摸到的魚也可以放進煤油桶，注入少許清水，任它們在桶裡竄跳。要作舀水用，煤油桶得加點工。其實也極簡單，在桶口相對釘兩支枋木，各繫兩條繩子，繩子尾部再綁一支短木，做舀水的握手。這即成了。

　　鋤頭和柴刀，也各有用途。來到水潭邊，首先要把入潭的水源堵塞，或把水流轉向，免水潭的水量不斷升高。然後在水潭的水流出口，掘泥築一道堤壩，防止舀出去的潭水倒流。泥壩要用腳踩踏，以求穩固。這些工作全靠鋤頭。對付水潭裡的朽木、蔓草與野藤，就要動柴刀了。有些魚兒精靈透頂，潭水一有異動即鑽入樹洞藏躲，手摸不進，就要靠柴刀解決了。柴刀有多重用處，所以舀水摸魚，得攜帶多把柴刀，且要磨得鋒利。

　　堤壩填好後，在水潭岸邊鋤幾級泥階踏腳，即可開始舀水了。一個煤油桶由兩人操作，一左一右握緊桶邊紮好的繩子，把潭水一桶一桶舀出去；兩人的速度力度必須天衣無縫配合，拿揑得準，否則水桶翻倒，瀉水回流到潭裡。這種舀水動作，運力凝聚在腰脊，非常吃力，不到一小時就精疲力竭，因此至少需四條大漢輪班，才有辦法把一潭靜水舀乾，見到魚群在泥淖中蹦跳。

　　一般情況，舀水的吃力工作都由驃漢擔當，婦女照顧堤壩——泥壩很快被水沖蝕，需要填補新泥，尤其上流的泥壩萬一崩潰，就前工盡費了。我曾經看過潭水舀乾，正要開始摸魚時上流堤壩崩裂，急流湧入水潭的情景：魚群重獲生機，捕魚人一臉無奈。所以通常需要兩個婦女守壩。我呢，父母說我年紀太小，沒有參與的份兒，只讓我靜靜守在潭邊觀熱鬧。我好羨慕姐姐，

　　潭水乾了可以下泥潭幫忙摸魚。說是幫忙，其實是嬉鬧，在爛泥潭裡追逐，雖然偶而也抓起幾尾小魚兒。

　　心情最緊張的時刻到了。隨著水潭漸乾，泥潭彷彿縮小了，泥潭中魚群不停奔竄跳躍，猶在四處尋覓庇佑，樹洞、草叢、腐葉、爛泥，只要足以容身掩藏，就會死命地衝撞。泥鰍、生魚、鯽魚、泥鰻，當潭水漸褪，就失去了蹤影，靜靜地棲息了。只有鱗片閃爍的白魚，呆呆地浮在爛泥上，大多數翻起白肚，已全無掙扎能力、任君捕攫了。

　　白魚撈起後，其他精靈的魚群就得動腦筋了。魚群竄躲，除了啪啦有聲，還會激起波紋，尤其是大魚，更暴露了藏身處。因此當潭水舀乾，大家一起踏進泥漿裡，伸張十指向魚群展開大搜索。滑溜溜的泥鰍最會鑽洞，頭部兩側又有銳刺，要懂得扣緊魚頭，才能牢牢抓起。生魚是我們的最愛，大條的重達二到三公斤，生猛有力，雖然無刺，但兩手抓緊還能掙脫，要用姆指與中指揑著兩腮始能制服。鯽魚雖小，但摸到時千萬要謹慎，它周身都是刺，不小心會被刺得滿手簌簌鮮血。

　　舀水雖然勞累，摸魚卻是樂趣無窮。看他們兩腳插在泥淖裡，衣褲黏滿爛泥，興致勃勃地追逐魚群，大魚啪刺刺地竄，他們也呼啦啦地趕，有時手腳並用，又摸又踢，要把所有的魚兒攬進桶裡。煤油桶放進半桶魚了，感覺到沉重，這時就提到岸上。我樂極了，因為摸到的魚無處盛，就會拋到岸上來；如果是小魚，我就可以一展身手了──把它們抓起丟入桶中。雖然潭裡摸魚沒有我的份兒，岸上抓小魚也讓我小小的心靈獲得不少滿足，感覺上自己也出了一份力，沾上一點功勞！

　　一次捕魚，豐收則足夠兩周食用。母親先將垂死邊緣和遍體傷痕的魚烹煮，或醃成鹹魚，其餘活脫脫分類後，注入清水盛在煤油桶或大瓮裡，食用時撈起剔鱗挖肚。沒有冰櫃的年代，鄉民一樣吃到新鮮魚。

2008年10月12日星洲日報〈文藝春秋〉版

警報響起的夜晚

「嘭嘭嘭……」

「嘭嘭嘭……」

起來！快快起來！媽媽急促的呼叫隨著緊密的警報，把我從夢中驚醒。我還沒有睜開惺忪睡眼，媽媽已一手將我扶起，轉過身體揹起我往外衝，一手托著我的屁股，一手揑緊電筒。妹頭，緊跟媽媽。母親轉頭叮囑姐姐。

媽媽從未如此驚慌失措過。昏暗裡我看不清她的臉色，卻感覺到她加速的心跳，和行動上極其緊繃與悾惚。以我那時的未足五歲的童稚思維，很難理解究竟發生了什麼大事，但心靈深處早已體悟出處境危險，生命遇到了威脅。尤其「嘭嘭嘭」的警報聲是逃亡的預告，這點我很清楚。那段時間，整個村子都人心惶惶，在一次聚會中，為了婦女幼小的安全，有人提出驍漢每夜輪流「掌更」的建議。事情就這麼敲定了。「掌更」就是站崗守夜，規範一點該稱放哨吧！母親一再提醒我不可亂跑。長輩們聚在一起，話題中不時提到「大刀隊」，某次還說什麼地方有華人村民被「大刀隊」突擊砍死，又說我似懂非懂的什麼「排華事件」。消息傳開，大家更加深感不安和恐慌。村民的容顏像陰鬱的天空，情況比缺糧更令人擔憂。

恐慌歸恐慌，為了三餐溫飽，日間還得照常耕作。只是捕

獵野豬的時光終結了，再也沒有人提意去舀水摸魚。那些刺殺野豬的利器和舀水的煤油桶，卻沒有因此丟閒，而是變換了利用方式。到了天黑，執行守夜的村民，一起聚集在山頭，每人手中握著的武器就是山豬戟。那個小山就在我家背後不遠，居高臨下，月明星稀的夜晚可以看清山下那條小徑。大家都認為，「大刀隊」要來侵犯，小徑是必經之路。所以在山頭「掌更」最安全。沒有哨子，如何傳達訊息呢？大家都在托腮思索，忽然有人提到煤油桶。對，就用煤油桶，父親附議。發現異動就敲煤油桶！

　　掌更過後一段時期，日子都在平靜中度過，因為沒有油桶拉響警報。父親和堂哥，每周分別有一次吃過晚餐就得扛著山豬戟出巡，掌更去也。有人把關，我們自然高枕無憂。

　　靜寂過後，就在這夜晚，傳來了警報，那煤油桶的敲擊聲，一聲比一聲響亮，一陣比一陣緊密。大刀隊真的來了嗎？母親慌亂裡發問。父親和堂哥早已手提山豬戟守在門外。不管是真是假，逃命為要。父親呼喚，催促母親快點快點，又吩咐：「記得逃進那個山洞，帶你去過的地方！」

　　婦孺幼童跑前，手拿武器的驍漢殿後。逃了一段路，只剩下婦孺孩童了。驍漢駐守路口，準備迎敵吧，我猜想。真糟糕，那晚月亮星星不知躲到那裡，四處一片黑黝黝，陌生的環境不平的山徑，母親揹著我一手捻著小電筒；姐姐緊跟在母親身後，在極度驚惶下，哭著走。再哭，大刀隊要來殺人了！母親低聲罵。

　　村子有好幾戶人家，疏疏落落地分佈各處。警報響起，除了護衛的壯丁聚集，其他家屬各自逃難。大地昏黑，夜色深沉，看不見半個逃亡的人影。母親背上多了個包袱，又要照顧姐姐，在

暗夜中跟跟蹌蹌，自然跑得不快。不到半句鐘，她已經汗流浹背呼呼氣喘了。

父親指的避難山洞，母親雖然知曉，但天地漆黑到伸手不見五指，憑一支小電筒有限的環指光圈，加上倉促與慌恐，母親的方向感大打折扣，我有這種顧慮，但卻無法與母親分擔一份憂傷。不知跑了多久，約略感覺離開村子很遠了，沒有大刀隊追過來，母親終於放緩了腳步──只是放緩，並沒有停步，而且依然揹著我，一手緊緊托著我的屁股，彷彿怕我睡去從背上掉下來。

再走不久，媽媽好像發現了目標。到了，是這裡。媽媽自言自語，音量很低，彷彿怕驚動大刀隊。我的腳板和頭部觸到藤蔓，姐姐驚懼地叫了一聲「媽」，不知被什麼絆倒了。媽媽把電筒的光圈移過去，原來她兩腳遭藤枝鎖緊，動彈不得。媽媽蹲下，替姐姐解開藤結，又繼續向前探步。

我們果然躲進山洞了，媽媽的記憶真清明，驚惶忙亂中還梳理出方向。媽媽以為抵達避風港正想喘口氣之際，後面黑暗處傳來窸窣的聲響，似乎是追蹤而來的腳步，而且愈傳愈近。媽媽即刻捻熄了電筒，同時向姐姐和我發出「噓……」的警告暗喻。我們仨靜止不動，抨住呼息。

窸窣的聲音沒有靜止。我從媽媽的心跳丈量到她情緒緊張，但已無退路。這山洞偏僻而隱密，黑漆漆昏沉沉時刻，大刀隊怎能驟然跟蹤而來？媽媽木然佇立，而跫音卻沒有靜止，幸虧瞬息轉移了方向，彷彿往另一邊走過去了。最後也像我們一樣，變成了絕音體，消失在黑暗中。

我們頓時成為蚊蚋的營養，左右前後夾攻。但不敢動，更不

敢拍打。怕拍出聲音，怕寒光雪亮的大刀。周遭一片死寂。死寂
並不可怕，最恐懼的是掩然閃出的人影。此刻寂靜就是安全，沒
被敵人發覺。

　　我們就木然留在洞穴裡，直到天吐曙光，眾鳥嘰喟不停。
媽媽鬆了一口氣，帶著我們走出山洞，忽然另一邊也閃出幾何
人影。大家不禁愕然，拋出相同的話：「昨晚差點被你們嚇死
呀！」原來是同村的阿嬸一家。

　　我們離開山洞不遠，見到父親上山來了。一見面父親就發
出怨言：「那般掌更的太敏感了，聽到教堂的鼓聲就死命敲擊油
桶。」

　　原來是一場虛驚。後來甘榜的彭古魯（村長）獲悉華人那晚
驚慌逃避，親自來村子說明原委，他們每逢佳節喜慶，按例在教
堂唸經擊鼓，叫大家安心勿疑。我們偏僻的聚落，在種族騷亂中
過著平靜安寧的日子。

附注：1945年8月15日日本戰敗撤離馬來亞，英殖民地政府重新接管聯邦之
　　　前，抗日軍（後退入森林為馬共）佔領警察局，濫殺曾經投靠日本
　　　的馬來人，引起馬來社會不滿，掀開我國史上第一次種族衝突事件。

飯香蛋香

　　人生旅途中，有一些身邊人物出場雖然短暫，但影子卻令人終身憧憬，成為心間永恆的印記。

　　那一對住在村尾的年老夫妻，年過五十膝下猶虛。每次見面，我都亞祥伯、祥伯母稱呼他們。至於祥伯姓什麼，我從來沒有問過。祥伯夫妻和父母親十分友好，空閒經常來我家聊天；從談話中，我知悉他們在中國原鄉生下兩個孩子，飄洋南來時居無定所，把孩子留在家鄉。落足村莊的時候，又遇日軍蹂躪半島。就這樣祥伯兩人相依為命。

　　祥伯那間亞答屋落在村尾，距離我家有約兩里路，我從來不曾獨自前去找他們，不是因為路遠，而是那條山徑鮮少人跡，極其荒涼，大概只有他們夫妻倆進出吧。另個原因，他們家裡沒有孩子，我呆著沒有玩伴。

　　——小弟弟，到伯母家玩，晚餐我煎雞蛋給你吃！

　　——小弟弟，伯母今晚煎魚，到我家去晚餐！

　　伯母來我家，離去時總不忘放話兜我去玩，並向母親保證：晚餐後一定送我回來。每次我都依在母親身邊，搖搖頭。說實在，我從來不曾吃過煎蛋和魚肉，心裡不知多想嚐嚐，但是就是不肯跟祥伯母走，說不出是什麼緣由。

　　不過，我雖然年幼，卻很清楚，祥伯夫婦生活遠比我們好。

他們住「亞答屋」，四周圍木板；我家屋頂蓋茅草，從森林砍伐雜樹做圍牆，樹木大小參差不齊，圍牆形成無數變形的洞眼，為老鼠進出提供了方便。祥伯夫妻年紀雖大，卻很健朗，同時勤奮，所以從不缺米糧。因為有稻穀，他們可以養雞，家裡經常存有雞蛋。在那缺糧的年頭，很多人連三餐有問題，那有餘糧餵雞鴨，就像我們。

不過，還有較我們更貧窮的人家。建在我家背後那間茅寮，情況就比我們悽慘，他們家裡的男性經常赤膊，下身僅裹一條圓筒麻袋，裝束從來不曾改變過，日夜都如此。記憶中，還有另一家也穿著麻袋，但是經過裁剪，縫成短褲形式，穿著走動看來輕鬆自在多了。我們雖然也落入窮籍，卻全家上下還不至穿粗麻袋過日子，說來還算幸運。

有一天午後，又見祥伯母來我家，這次不像平時悠閒坐下聊天，卻匆忙地對母親說要帶我回家晚餐。母親正在猶豫，忽然聽見祥伯母說：「桂嬋，今天是中秋節，就讓亞弟到我家吃一飯吧！」祥伯母以前多次兜引，我都不願意隨她走，母親也從不勉強。這回則慫恿我，勸說：「亞弟，祥伯母一番好意，你就跟去吧！記得，要早些回來。」

我不知道中秋節是什麼喜慶節日。戰後初期，嚴重缺糧，鄉野村民在餓寒交迫中度時日，新年尚且沒有人理會，更何況是中秋！雖然不懂中秋屬佳節，惟年幼的心靈卻有種感覺，這天肯定是大日子，含有非常特殊的紀念意義。

我從小對母親千依百順，於是點頭。祥伯母牽著我往屋後那條山徑走。經過一小段路後，祥伯母即叫我走前，由她殿後，

因為荒徑兩旁雜草萋萋，高過人頭，而山徑只容一人行走。遇到有樹根浮突的路段，還有高低傾斜的坡嶺，祥伯母就在後頭喚：「亞弟，慢著，讓我背你走！」

祥伯母的家建在田岸，顯得孤單寂寥。那條靜謐荒僻的山徑，我看到就心慌慌，獨個兒自然不敢走，母親卻帶我找過祥伯母幾次。去找祥伯，最感興趣是他飼養的雞只，還沒有到達他的家，就聽見母雞不停咯咯叫，彷彿向客人唱歡迎歌。我們家裡沒養過雞鴨，我已經四歲了，才在祥伯的家見到雞只，當然很好奇，尤其對一邊嘰嘰叫一邊在母雞翅膀鑽進鑽出的小雞。

鄉下人的晚餐特別早。太陽才傾斜，飯菜已上桌了。我們踏入門檻，祥伯即滿臉笑容迎上來。「亞弟，來來來，都準備好了。你看，有雞肉，有煎蛋，還有雞湯。」祥伯母盛好飯，我們開始用餐了。其實，每天啃薯條與喝粟米粥的我，單單白飯已經胃口大開，何況還有香噴噴的煎蛋和滑嫩的雞肉；所以那一餐，竟成為我畢生最難忘的一餐。

我實在難以形容，當第一口白飯入口時那種既香又軟、既飴又鬆的滋味。我四歲才有機會嚐到飯香，可能有人比我更年長還不曾吃過白飯呢！對於慈祥的祥伯夫婦，我永遠記得，也永遠感恩！

2008年6月6日南洋商報／商餘

打泥戰的日子

我的童年和少年，許多日子消磨在泥戰裡。與友伴在溪河裡浮沉喧嘩，充滿刺激又歡樂無窮的那縷時光，悄悄伴我走出寂寞，以至成長。

第一次的記憶最難忘，也最鮮明。我初次與玩伴展開泥戰，是在硝山腳下靠近大路邊的一條小河。潺潺碧清的流水，隔著柏油馬路與高腳板屋；從褐色的板屋走出來，沒幾步即可縱身一躍，赤裸裸地在柔波綠浪裡翻騰。

到今天我還不懂，原名Padang Regas的小鄉鎮，怎麼翻譯成硝山。我也不懂，父母親在什麼情況之下搬遷，竟選擇移到硝山腳下。當年的硝山在我心目中，像一頭蒼茫鬱翠的綠象，象鼻向南，象尾朝北，莊嚴肅穆地鎮住整個鄉鎮，以及鄉民。綠象原本巍峨雄偉的那張臉，今天已遭石灰廠的神手毀容，劈下挺拔的部位，形象慘不忍睹。就不知什麼時候，綠象整個從地圖上失蹤，相信總有一天。

記憶裡的每一條河，都涓涓淌著我打泥戰的影子，和笑聲；都覆蓋著我童年遠去的足跡，還有斑紋。從綠象腳下娉婷繞來的小河，當不經意地在板屋和馬路之間吟哦低迴時，彷彿專為我們這群小頑童編織綺旎的夢想。小河總是每天那麼溫柔地向我們微笑招手，牽動我們小小的貪玩細胞。

　　趁大人出門割樹膠後，無拘無束的我們，隨意地把整個上午典當在波流裡。這時刻的板屋最寂寞，空無一人。橡膠林的英籍園主懂得節省，搭起長屋供工人擠宿，八戶接連排在一起，大大小小幾十人近距離接觸，稱為芳鄰。我們一家離開偏僻荒涼的聚落，住進這鋅板長屋，我第一次結識了一群年歲相近的伙伴，真的樂不可支──最興奮還是屋旁有一彎河流，戲水其次，打泥戰才是我們最愛的選項。

　　朝陽升起，空氣漸暖，我們這班小叮噹不約而同來到河畔，不絲一掛地，「撲通撲通」竄入波紋裡。暖身運動是打水戰，合掌對準同伴，猛力一劈，水花濺在同伴身上──最好射中對方的眼睛，使他難受。水戰平淡，不夠刺激，忘記從那一天開始，有個佻皮鬼挖河床的泥巴，揣成一團向著友伴拋去，被擊中的友伴立刻反擊，於是一來一往，大家互不認輸，其他玩伴見了也紛紛加入戰圍。頃刻間河裡泥巴紛飛，背部、頭頂中招的機率最高，一個時辰下來，大家都變成了泥人，彼此相望，續而大笑。污濁，沒關系，身體往河裡一沉，用手刷刷幾下，摺一摺頭髮，全身乾淨如初了。

　　自從發覺打泥戰刺激好玩之後，我們留戀小河的時間變長了。我們年紀雖小，但玩過一段日子之後，覺得必須變些花樣，以求更大的刺激，於是分成兩隊「開戰」，剎那間泥巴縱橫交錯、漫天飛舞，原本大家半身浸在河流裡，此刻閃的閃、躲的躲，嘻哈蹦跳，笑聲震蕩天空，拼湊為一支輕快活潑的童年夢曲。鬧至中午，等到息鼓收兵，那段被我們五指梳理過的河床，水色泛黃，成為混濁的一泓污流──至少要三幾小時滌涮，才撫

平創傷，回復碧澄如鏡的樣版。

　　經歷了一段日子打泥戰，遊戲的刺激性逐漸退潮了。於是，有一天大家在小河聚集時又再沉思，希望挖掘新的點子。小河左岸是筆直的柏油馬路，這時正好有一輛紅黃斑紋的巴士駛過，玩伴中一個指著巴士嚷道：「向路過的巴士開戰！」一呼百諾，大家一起舉手贊成。

　　巴士疾馳而過，要向它拋擲泥巴不是易事，速度必定要快，拿揑得準，否則變成空投，白費心機。坐言起行，大家開始從河床挖掘爛泥，揑成一團，每人預備了幾團泥巴，逐團排在河岸，手中握緊一把，然後靜靜地等候目標出現。須臾，果然見到一輛紅黃物體駛近，大家心情緊張萬分，「一、二、三、丟！」眾掌齊揚，泥團出擊，追尋相同的移動靶子。巴士像一頭雄獅，「吼」地飛馳遠去了，不知有沒有遭受泥巴粘貼──但並不重要，要捕獵的是那份刺激感。從發出「嘎嗦嘎嗦」的呼喚中，足以想象大家的興奮同歡樂！

　　第一個目標完成後，又再找爛泥。同時大家有個決心──這次務必要命中，給鮮艷艷的紅黃加點料子，才不荒廢一番策劃。第二輪巴士等了足足一句鐘才出現。這次大家的準備功夫做得較好，紅黃物體尚未成直線，泥團即從手中飛脫，「嘀嗒嘀嗒」幾聲，肯定這次給紅黃車廂調改了染料，灰白灰白的泥色。但很令我們驚訝，巴士吃了泥團後繼續旅程，沒有停下興師問罪。一陣凱旋的歡呼聲浪，掩蓋了木板長屋和蜿蜒的小河。

　　太陽斜斜倚在硝山頂，家長一起收工回家的時刻，一群小叮噹早已把滿身污泥沖滌乾淨，不存絲毫斑跡了；尤其這一天，用

泥團張貼車廂，更是不能泄漏的機密。雖然這麼想，但是到了炊煙四處縹緲時，有輛巴士忽然在路口戛然而止，跳下車廂的並非乘客，而是怒顏滿面的司機與剪票員。叮噹們都深懂不妙、要大禍臨頭了，卻沒有地方藏躲。

　　兩人找上門，召見八家父母，我們不敢靠近半步，楞在一旁偷窺、靜待處置。那兩人嘰哩咕嚕，指指小河又指指車廂，最後手指瞄準我們。說完就走了，怒氣卻仍繃在臉上。那兩人一上車，家長團就霹靂拍勒手執籐鞭，開始拷問了：「抓爛泥丟巴士很好玩嗎？有哪一個例外的？」

　　全都沉默，低下頭。突然有個家長發難：「快，都把褲子脫下來！」這下我可慌極了。看著父親手上的粗籐鞭，我大聲喊：我沒有！我沒有！我真的沒有參與──我不過在河岸上吶喊助威。我很遺憾自己不能分享這項大刺激的泥巴戰巴士。那天清早我發現自己感冒，而且身體發燒，不敢冒然浸水。其實我多麼渴望與玩伴同步享樂，抓一團爛泥向車廂奮力瞄準投擲，把紅黃巴士當調色板。那麼過癮的玩樂，竟因身體不適而錯過了。

　　小壞蛋，你真的沒有？父親像一頭吼獅，揚著籐鞭嚇唬我，還心存疑問，連續問了幾何小叮噹，大家都堅持我早上作壁上觀，這才氣咻咻地丟下籐鞭。我噓了一口氣，連晚飯也不敢吃就上床就寢了。可憐那班玩伴，個個都屁股開花、鞭痕浮凸。失去戲鬧和歌聲，小河沉寂了整個月。

　　我的童謠在時光裡流逝了，但小河的歌聲今日依舊繼續。

2009年6月14日星洲日報〈文藝春秋〉版

寄居石窟的歲月

　　父母因為經常轉換工作，居無定所，所以孩提時候經歷過許多地方；最貧困潦倒的日子，甚至以峭壁的石窟遮風避雨。這個硝山腳下朝南的石窟，相當寬敞，成為兩戶近十口人家的「避難所」，一家是我們五口，另一家是我們的近親。父親說親戚在家鄉同祠堂拜祖，很熟絡。我相信，因為石窟是親戚先遷入居住了一段日子，然後我們才窩進來，共渡時難與困苦。

　　那的確是個很奇特的居所。洞裡別有天地，卻不見鐘乳石和石筍，自然不會有滴水穿石的煩憂，四處乾爽涼快，只是過於陰沉，因為沒有電流。洞口寬闊，為了防止飄雨，前方搭架蓋上陳舊不堪的鋅板，一片接一片低斜向外伸展。白天，父母和親戚趁早出門操勞了，石窟裡剩下年幼的姐姐和我，面對暗沉沉的環境，和一盞弱如螢火的油燈，真的膽怯得要發抖。因此陽光瀉地的洞外才是我們的天堂。

　　石窟距離鄉鎮硝山好幾里路。搬遷那天，我們全家在小鎮下車，沿著甘榜[2]小徑一路走，父母親和堂哥挑擔輕便的炊具和衣服，姐姐和我空手跟在後面。甘榜沿途果樹成林，綠蔭映影，行行復行行，靜寂間忽聞「嗶啪嗶啪」幾聲，幾個馬樟掉落路旁，

---

[2]　甘榜，音釋馬來語kumpung，意指鄉下地方。

一陣濃香撲鼻而來，姐姐饞嘴，俯身就想去撿，卻被母親遏止了。年齡漸長，我才知道硝山原來是霹靂州著名的果鄉，榴槤尤其令人垂涎。

在我記憶深處留痕的倒非石窟裡的景物，而是從山頂上滑落的麻袋，以及石窟旁邊從小河上流飄下來的榴槤。那條小河，深只及膝，從石山腳下湲湲而來，兩岸除了不知名的綠樹，便是雜亂無序的各類果樹。我年紀雖小，卻已能從綠葉樹形中分辨出榴槤、山竹、紅毛丹，還有甘榜裡最常出現的馬樟（香味四溢的芒果類）。

把石窟當成家，最惹我們姐弟歡悅的，便是那條小河了。我們搬來那天黃昏，母親就帶姐姐和我到小河沖涼，同時把全家人的骯髒衣著浸泡，然後攤在河邊的厚板搥搗。重複浸泡搥搗幾回，衣服就乾淨了。我第一次發現河水的方便。過去在荒僻的聚落靠井水，用韁繩逐桶拉上來，很費力。母親在河邊洗衣，看來輕鬆多了。第一天我就對小河產生了好感。

於是小河成為我們流連的首選。每天大人出門勞作，整個天地就屬於我們姐弟。姐姐才六歲，粗重的工作做不來，正好留在家照顧我，也無形中成為我唯一的玩伴。不過，玩歸玩，出門前母親總不忘吩咐姐姐：記得到河裡挽水，沖滿水缸。我們寄居石窟的兩家，日常食用全靠這條清澈見底的碧流。小河距離石窟不過數十步之遙，水缸不大，姐姐用小桶來回五、六趟，水就注滿了，接下來即是玩樂時光，無拘無束，任憑自己揮霍。挽水、沖涼、戲鬧，把半日浮蕩在柔波裡，編寫一場又一場愉悅的童夢。

「榴槤！榴槤！」有一天在戲水的時候，姐姐指著小河上

流，又興奮又高聲地向我喊。我轉頭，果真是榴槤，順流緩緩飄來。這次輪到我高嚷了。姐姐比我懂事，等榴槤飄近身邊，手掌輕輕一托，再用手指揘緊果蒂把榴槤提起來。弟弟，快來。姐姐邊說邊走，把榴槤擺在母親搗衣的厚板，兩只手用力掰，試了多次，終於把榴槤掰開了，露出濃香橙黃的果肉。姐弟倆不用說，大快朵頤了。五瓣的榴槤雖然有個大缺口，遭松鼠咀嚼了一瓣，但存下的四瓣已夠我們飽嗝了。

榴槤掉落河裡隨波飄流，並非新鮮事，但在孩童心裡，卻帶有幾分好奇——這樣味美香甜的果實，園主為何不駐守樹下？嗜朵過榴槤之後，我們就更留戀河水了；即使不沖涼挽水，我們也坐在河岸，靜靜地凝望著流水，等待榴槤浮現；有時夢想兌現，但並不是每天都有收獲。因為不是所有果樹都長在河邊，也不是每個榴槤都掉落河裡。不管流水有沒有榴槤，只要是果熟蒂墮的季節，小河總出現我們姐弟的影子，還有呼聲。

居山歲月，除了小河，還有空中掉落的麻袋，也成為我童年驚詫的景觀。步出石窟，仰首翹望，山頂上一個接一個麻袋，高低有序地並排降落。乍似半空蹦裂墜落的重物，當頭壓下，徐徐觸地時，竟是落在山腳的另一邊。那些麻袋，已落在我的視野之外，不是遠，而是樹叢和雜草，像一道無比寬闊的綠牆，稠稠密密張掛在山野，砌成屏風一樣的障礙。

這個無意的發現，把我眼睛的焦點凝住了。早晨的陽光從東方篩下來，照亮了陡峭的赤壁。我對著山巔投視了近整個早晨，直到頸項幾乎僵化。窺探細察，我終於攫捉到岩壁有個黑色圓點，那些腫脹的麻袋就從黑色圓點滑下來，由一條眼睛似乎看不

見的鋼纜牽引著。從我幼稚的思維中，也知道有人在山洞操縱運作；但是卻想不出如此懸崖峭壁，他們怎樣攀登上去、又如何安然回返地面。另外，充塞在麻袋裡的究竟是什麼「寶物」，值得人們去冒險採掘。這些祕密，大概只有父親才能揭開。我這麼想。

　　為了賺錢，不顧危險，一級級慢慢爬上去；他們住在山洞裡，久久才回家一次。父親的話，我半信半疑，山那麼陡峭險峻，人靠兩只手，我想不通攀登的方法。另一個回答我相信，就是麻袋裡裝滿蝙蝠糞，從洞穴裡挖出來的肥料。從那時候開始，我知道人為了生活，可以不懼風險，也可以在任何環境寄居，就像父母親和親戚，只要能避風雨，就委屈地寄居在石窟裡。

2009年6月4日星洲日報〈文藝春秋〉版

沙河嶺上隆隆的列車

地枕南北大道的鄉鎮硝山佔據平地，但一過了硝山，陡峻的丘陵連綿不斷，腳下再也踏不到半片平土。山腳周圍雖然坡嶺起伏，但土層深厚、地層肥沃，英殖民時代洋人利用政治強勢、廉價勞工砍林伐木，清芭後廣植橡膠樹，更在橡林間搭起高腳板樓，招攬鄰近村民前來勞役。

我們消磨在山腳下石窟的那段日子，父母親每天早出晚歸，替人打雜賺取稀微的生活費，父親覺得非長久之計，必須另找出路。忽然聽到大園坵聘請膠工，正中心懷，因為二戰前父母親都曾經操過膠刀。

又要搬遷！母親聽到父親的轉行計劃，嘀咕了好一陣，最終還是夫命難違，全家遷移，包括堂哥。通往園坵那條小路，丘陵起伏，綠葉滿枝的膠樹迎風招展，像列隊迎接我們到來。膠樹種在山嶺傾斜、四面嶙峋的土地上，對膠工是一項體力挑戰。母親邊走邊看，默默無言，似乎在算盤如何克服將來的崎嶇路途。

四十年代洋人園坵的膠工宿舍稱為「咕厘厝」，都是連接的高腳板樓，外面釉上防蟻油，看去暗褐色的，一幢四到八間。咕厘厝以鋅板蓋頂，沒有天花板，白天熱氣蒸騰；雨夜雨聲嘩啦嘩啦敲擊，夢再甜蜜也被驚醒。這些園坵的板樓居所，不是傍溪就是近河，方便工人汲水、洗涮和沖涼。

　　在硝山腳下兜兜轉轉，像避難一般尋找新窩，更確實地說，是為了三餐餬口。景物隨歲月消長，都在稍稍地易容換臉，惟一不變的是翡翠色的象山，依然嵌在我們的視線裡，一昂首就盈然出現，涵蘊著綠絨絨的青春蓬勃、嫵媚與生機！而我最感到歡欣喜悅，每到一處，總有一冽涼涼流水讓我淖身消暑、蹬磨肢體；而每一條小河的場景都是一齣難忘的童年記憶。這象山下蜿蜒的第三條小河，沒有泥戰的遊戲，也沒有飄浮過榴槤，但同樣令我深切回味。

　　這條小河應該稱為沙河。不只流域盡是明亮潔白的細沙，還兼藏石頭，大小嶙峋形狀不一的石頭。有一天下午，膠工正在河裡洗膠桶，一隻大鱉魚不知好歹，游上河灘，被膠工七手八腳活擒，宰殺後分享。對於我們小玩童，河沙河石沒有絲毫吸引點——撩起我們無限興趣的是游蕩於沙石之間的小蝦和小魚。我們同住板屋的小混混，每日藉沖涼為名，實際溜到沙河裡撈蝦捉魚，一鬧就是大半天，不到饑腸轆轆不肯罷休。

　　沙河水淺，我們玩樂那段例外，是從幾十呎高嶺沖擊下來的積水，水勢瀉落石壁，琮琤有聲，形成一個玲瓏的小瀑布。這泓約莫幾呎深的的綠波，正合我們的心意。魚蝦好動，四出游蕩覓食，但卻異常機靈，我們腳步未涉水，它們已急忙躥進石縫間匿藏了。我們也不笨，翻轉石頭，沉下手中的「兜網」反覆追捕。所謂「兜網」，是破褲腳的代號；底下用細繩綑紮，上頭是個幼線串穩的鐵線箍，手柄都沒有，就被我們當作理想的捕魚兜網了。

　　身體透明的小蝦，銀光熠熠的魚兒，在水中閃避敏捷，當我們悄悄翻開石頭搜索，小魚兒輕身一擺，小蝦卻是迅速倒退，

它們同時躥入另一堆石陣裡去逍遙了。雖然總是失手的次數多，然而半天的追逐結果，總有些倒霉的魚蝦入網，被困在我們準備好的豆漿瓶和冬菜甕。可憐的那些小魚蝦，帶回家裡擺放不出兩周，或因缺氧或因缺食，都先後停止呼氣、腹肚朝天了。

　　捕魚蝦是滌足沙河的一樂，還有一樂是看火車。從小瀑布底下仰望，水流瀉落的出口有道短鐵橋拉緊兩岸；周圍盡是鬱鬱叢林，稠密的碧樹綠草，只有鐵橋展示一角空間。群山峻嶺間出現這麼一道短鐵橋，確使我們訝異，這荒山野嶺可藏猛獸飛鳥，那有人蹤？年紀幼小的我們，一時間感到納罕，不知道鐵橋的作用。直到一天玩樂間，忽然聽見一陣「嗚……」的笛鳴，接著傳出火車與鐵軌磨擦的克軋克軋聲，彷彿車箱沉重而不勝負荷；而那響聲悠遠而緩慢，聽來很有節奏呢！

　　小小的硝山，四十年代像個聚落，卻有了火車站，因為從這裡北上的火車要加個車頭從後面推動，列車才能爬過山嶺[3]。

　　我聽過父親講述坐火車搬家的事，卻從來沒有見過火車，當我聽到火車汽笛的長嗁，不禁喜上眉梢，那道鐵橋的謎底也揭開了。我連忙把手上的魚兜拋開，不再理會水中的魚兒，眼睛緊緊盯著那道鐵橋。嶺上林高樹密，蒼蒼莽莽，抬頭仰望，只有浮在半空裡的那道鐵橋，清楚可見。

　　「嗚嗚……」又是一陣笛聲劃過荒嶺，須臾，果然看到列車像黑色的怪獸衝出密林，車頭「喥喥喥」地吐出滾滾濃煙，後面轟隆轟隆拉著長長的車箱；尾節又是烏黑的火車頭，同樣「嗚嗚

---

[3]　那年代的火車用煤炭蒸汽發動，馬力不如現在的電動火車。

嗚」地吐出煙炷。當列車輾過鐵橋時，不停爆出「咿呀咿呀」的巨響，彷彿厲鬼嘶嚎。

不知有意還是無意，偶而兩個火車頭同時鳴笛，一路「嗚嗚嗚」地呼嘯爬動，聲浪穿原越野，震動山林，列車在幾里外鳴響還隱約可聞。列車要用兩個火車頭，我摸摸自己的小腦袋，百思莫解。也許大家年紀小，誰也不去追究這個疑問。過了約半點鐘，山頂又有克軋克軋的火車聲，但這次的聲響輕快得多了。接著又見到一節黑色的火車頭，是倒退行駛，顯然是剛才從後推動車箱的那列。再看看陡峭高聳的鐵軌，我終於明白了，火車要兩個車頭的動力，才能攀越硝山這段峻嶺。

波紋輕蕩日夜吟歌的小河，浮現著我童年一幕一幕的歡樂。每天浸在沙河裡，在石縫間欺負自由自在的小魚蝦；仰望火車頭遲緩地拉著沉重的車箱，在群山環繞的鐵路上爬行，那麼地吃力艱困。這時，我不禁想起每天摸黑出門的父母，在坡嶺間奔走，步步為營，逐棵逐棵尋找橡膠樹割膠的情景。他們不僅身心疲累，同時面對環境的惡劣挑戰，滴落汗珠，歷盡驚險。

他們，就像那列拉著沉重車箱的火車，為了目標，無論多吃力也要向漫漫的旅途奔去。但是，年幼的我們，無憂無慮，除了懂得蹦跳和吃喝玩樂，其他柴米油鹽的事兒，沒有一樣我們關注。

每想起前塵往事，心間總有無限愧意。

2008年12月28日星洲日報〈文藝春秋〉版

虎跡傳奇

曠野，峻嶺環繞的曠野，叢叢密密是綠影搖曳的膠樹。

砰砰砰砰⋯⋯砰砰。

砰砰⋯⋯砰砰砰。

原本四野無聲的林間，有一天清早突然連續傳出鞭砲聲，而且響聲不絕；這個邊角停息了，那個山嶺又爆起，把漫山遍野的鳥雀猴猿炸得驚飛四散。一片荒涼清淒的橡林從此變得熱鬧喧囂。

不是佳節喜慶，也非新年賀歲，膠林裡頻頻燃放鞭砲，這絕非平常事，成為我童年記憶裡最難泯滅的一頁山中傳奇。

細說從頭，由那頓晚餐開始。「明天起不許到小河抓魚摸蝦，要沖涼，要等大人一起去——聽見嗎？」那晚爸爸吃著飯，突然放下碗筷，向姐姐和我發出禁令，語氣非常嚴厲。

我聽後，心裡疑惑莫名。

淺淺的一道河水，湲湲而流，沒有深潭急彎，我們跳下去都浸不到肚臍，怎麼突然不允我們去戲水，我們心中狐疑，卻想不出原由，也不敢發問。從小我就知道，父親是家庭的權威，他的決定誰也不敢拂逆。

母親畢竟比較細心，懂得孩子心裡不悅。她看了父親一眼，然後才說，「膠林裡出現了大貓，明天大家都停工了。」讓姐姐

和我知道事情的嚴重性，母親緩聲解釋，帶著母性的慈愛與柔懷，但眉間顯露出前未有過的凝重和憂鬱。

不說我也明白，母親是為柴米油鹽事煩惱。那時候日本蝗軍投降，撤出馬來亞不久，人民還在半挨餓中度日，家裡沒有存積多餘的食糧。沒有工作就沒有收入，沒有收入就會斷炊。

大貓，大貓真那麼可怕嗎？我不知道父親指的大貓有多大，心裡自然不懂得害怕。但既然割膠的叔伯們都對大貓退避三舍，心想肯定這貓不會是什麼善良動物。

每晚飯後，鄰居都習慣聚集在戶外話長論短。那晚的主題都環繞在大貓身上。聽著聽著，我終於梳理出一些蛛絲馬跡，原來大貓是吃人的猛獸，叫做老虎！我不禁毛髮豎立起來。一位阿伯對我說，「亞弟，你沒見過老虎就看家裡的花貓，長相一模一樣。」家裡的花貓溫柔可愛，只欺負小老鼠，森林裡的大貓竟那麼可怕，我一時也難以想像。

「大貓的腳印像八角碗大，踩過的樹根一路膠液簌簌呢！你說可怕不可怕？。」九叔割的膠樹最貼近森林，也是他發現虎蹤。接著九叔又說：「如果是大白天出來，我準被牠叼進森林裡充饑了。」從叔伯們的談話裡，漸漸地加深了大貓在我心裡的意識形象，也對這種動物慢慢累積了一種畏懼與恐慌。

難怪那天大家回來特別早，原來膠林出現了大貓，在倉皇失措之下，沒有人敢再繼續工作。

談論的結果，大家都覺得老虎隨時會重新出現。

翌日，果真所有膠工懾於大貓威勢，不敢出門。早餐過後，大家又回到昨天未盡的話題：

——看腳印一大一小，肯定是對母子。

——我一邊割膠，一邊擔心大貓從森林裡衝出來呢！

——大貓的呼嘯還隱隱聽聞呢！好不嚇人！

大家你一言、我一語，把大貓繪形繪影。那時候我不過四歲吧，連大貓的圖照都沒摸過，心裡最怕的是陰森森的鬼怪，因為曾經聽過叔伯們的鬼故事。那天起鬼怪的位置被大貓取代了。父親即使沒發出警告，我都心寒了，莫說穿越山徑到小河去戲鬧，卻連出門去板屋後面排解，也心驚膽怯了。

中午時刻，工頭出現了，腳踏車後架載著兩大包東西，一停下就氣喘吁吁地召集大家，介紹嚇唬大貓的妙法。原來他從鎮上買了一批鞭砲，準備分發給所有工友。把膠工們招集在一起，工頭大聲指著鞭砲說：

「特大號的，又是新貨，響聲很亮的，大貓小貓準被轟得屁滾尿瀉，挾尾逃之沃沃！」他滔滔不絕，好像信心十足。

過年燃放的鞭砲是整排的，有我那麼高。工頭帶來的鞭砲卻是一枚一枚的，像大人的腳趾公一般粗。工頭還擔心大家不信，他特地燃放了幾枚。

「砰砰！砰砰！」真的震天動地。我被聲浪震得雙耳嗡嗡響。想不到鞭砲威力那麼強。父親和幾個阿伯跟著也興致勃勃，每人手中捻緊一枚。我連忙雙手按緊耳朵，以減低鞭砲爆發的衝擊力。他們同時用火柴點著鞭砲的蕊絲，在「嗤……」聲中向天空一揚，鞭砲砰砰砰迅速震蕩，穿越幾公里的綠樹叢，消失在更深的蠻荒裡。

　　鞭砲只有嚇唬作用，不能置大貓於死地。但那年代要找槍彈，除非去當兵。在無法可施之下，大家商議一番後，終於接受了工頭的鞭砲，重新胼手胝足拼搏了。但是，大家都約定，等天亮後才集體出發去膠林。

　　靜謐無聲的綠野，自從那天開始，鞭砲響徹雲霄，變得異常熱鬧。

　　鞭砲嚇虎這點子果然湊效，膠林裡暫時沒有人發現大貓的蹤跡了。雖然如此，大貓的影子依然無法從大家的心中褪去。每天出門，帶著鞭砲，難免還是惶恐不安，大家在戰戰兢兢中過日子。

　　畢竟，沒有人敢捋虎鬚。不久，大家先後離開那片森林邊緣的橡樹林。我們姐弟到沙河捕魚捉蝦、看列車爬山越嶺的日子永不回頭了。

　　因為，我們也告別了硝山，奔向另一段人生的旅程。

　　　　　　　　　2008年12月28日星洲日報〈文藝春秋〉版

禾花雀

　　插秧、割稻、晒穀與舂米，刻在我童年的最深處，回味時總帶有悲涼的餘韻。但最終，卻為我的人生寫下一段難忘的經歷。

　　科技發展，祝福現在農夫，從犁田耕地到收割，可以穿著長褲長袖衣，站在田埂上看割稻機操作，把稻穗吞進肚裡，一邊咀嚼一邊排瀉到卡車上，直接送去輾米坊加工。農夫不必稍動手腳。萬事俱靠體力的年代，農耕是苦差，一切得動用雙手，加上智慧。

　　母親也曾耕過稻禾，那是她的副業。母親的主要手藝只有割樹膠一途，這是我家長久以來維持溫飽的法門。割樹膠的慣例是挑燈出門，到下午兩點鐘就清閑了。母親素來不堪空閑，靜下來就找地耕耕鋤鋤，種菜、種煙草、種木薯番薯。曾經，母親也種過水稻，填補糧食上的不足，為貧困的日子舒減憂患。

　　我們在虎蹤的陰影下揮別蒼茫的硝山，幾經波折才找到另一個停泊的岸口──是個小園口，與園主分擔割膠工作，條件自然無法和洋人園坵並論，還好提供住宿，首先解決了全家風雨吹打的難題。膠園地點優越，靠近柏油大馬路，從地面築起的板屋寬大，園主和我們各佔半間。坐在板屋前可以細數馬路上經過的各種車輛，坦蕩筆直的馬路，偶爾有三兩聲汽笛飄來，這成為我們兩家晚飯後唯一的風景。

　　這片橡樹林，我們的居所是唯一的建築，顯得孤煙獨裊、靜寂冷清。相比對面，跨過馬路就有兩幢住家，仳鄰而建；屋旁有條黃泥路，兩邊是連綿的稻田，泥路直通過去出現更多房宅，遠遠一間，都是農家的茅寮和亞答屋，一片遼闊的農村絨綠的景色。母親帶我去過，家家都養惡犬，見我們走進就齜牙裂齒。我獨自從來不敢越界。

　　姐姐被母親押去膠園抹膠杯，園主兩個女兒已十多歲，已能獨當一面割樹膠了。我百般無聊，為了排遣孤寂，每天我跨過馬路去找玩伴，其實內心有更大的企圖，就是覬覦他們戶前屋後的綠色果樹。那些紅彤彤的紅毛丹，揚溢幽香的馬樟，還有大樹波羅和雞屎果，都使饞嘴的我，在童年記憶裡平添無限的溫馨。

　　閒空時，母親也會帶我走訪農家，那裡有一戶是我們容縣的同鄉。他們全家從農，平日種植蔬菜、瓜果，雨季到來就播種耕田。也許同鄉情濃，鄉親知道我們的生活環境欠佳後，問母親要不要耕作一點稻田當副業。如果能夠幫補家庭，多辛苦都能接受，母親說。我聽得出，母親的回話，語氣裡糅合了剛毅與自信。

　　那時正是田家忙於整地的季節，農家忙於耕鋤翻土。次日母親完成膠園工作後，果然下田砍草鋤地了。鄉親從大片田地中撥出兩個田讓母親耕作，收割後以稻穀作租地費。鄉親自願借出穀種，也等我們收割時賞還。雖然要付出血汗，但這樣優厚的安排，掃除了母親臉上因遷徙遺下的陰霾。

　　母親在田岸整理了一小塊地，把穀種播下，每天灌溉，沒幾天嫩綠的秧苗就冒出了土面。這時大家開始引水進田，等到禾

秧長達約兩尺高，可以插秧了。母親把禾秧拔起，放在畚箕裡，堆滿兩畚箕就挑到田邊，先排在田裡，然後開始插秧。連續一星期，母親專注種田，割膠暫由父親擔當。我播種不會，插秧不懂，只靜靜坐在田岸的樹蔭下看母親揮汗如雨滴。看母親插秧，我小小年紀即體悟，原來耕田比割膠辛苦。驕陽高照，母親頭戴斗笠，雙足浸在水中，左手抱著大堆禾秧，拔開四、五支一束，彎著腰肢前後左右插，然後跨步向前，重複同樣的動作。一整天下來，母親不知滴落多少汗珠在稻田裡。

禾秧生長迅速，但秧苗插完不久，田間的雜草也開始綠起來，鴨菜、水草與稻禾競爭空間。於是母親又忙了，割膠回來忙著下田拔草。禾、草易辨，我看除草是蠻容易的工作，要求母親讓我幫忙，每次都被拒絕。你不會，不小心會踩斷稻禾。母親就以這句話，使我的腳板沒有機會探測田水的冷暖。

三個多月後，稻禾就含胎了，慢慢伸出一束束稻穗，隨著稻穀成長而向下彎垂。當稻穗即將轉熟的時候，農家們開始在阡陌間豎立木架，用稻桿包紮稻草人，有的還披上破衣，風起時兩袖幌擺。我們沒有稻桿，母親用過去種粟米驅鳥的方法，把空鐵罐串在鐵線上，用木棒豎在田裡，像晾衣椿那樣，輕輕攪動鐵線罐子就「珫瑯珫瑯」響。

這些都是阻遏鳥雀啄食稻穀的事前準備。稻穀成熟得真快，原是青油油的穗束，經過日光炙熱的催促，幾天光景由米黃色轉成串串金黃，轉眼便是農家展露歡顏的收獲季節了。從播秧到收成，只有稻穗成熟幾天是我可以與母親分憂的時光。機靈的鳥雀平日棲息草叢，稻穀成熟牠們即轉向田間活動了。那期間，我必

須比平時早起，匆匆趕到田邊做守候的稻草人，驅逐覬覦穀粒的鳥雀；除了張口嗚呼吶喚，也兼用雙手搖擺鐵罐的鐵線，盡量使田野興起一波又一波的聲浪。

禾花雀，比麻雀略瘦小，是田農最頭痛的天敵，也是我早年最熟稔的鳥兒。喜愛稻穀的禽類蠻多，但多數獨來獨往，而且膽怯，一被驅逐就飛得無蹤無影了。只有禾花雀見到稻穗翻黃即終日棧戀田野。禾花雀羽翎油亮熠熠，翅膀、尾巴、尖喙深褐色，挺著蘆花白的胸腹，飛行時不停的嘰嘰嘰叫聲，很形象地染在我童年的心版上。禾花雀最令我深深驚嘆的是牠們獨特的飛行姿態。牠們每次都成群結隊出沒，至少也有幾十只，有時近百，掠過田野時把半邊空際遮成一片黑麻麻。雖然我厭惡禾花雀的貪婪，卻喜歡坐在田岸看牠們飛掠的英姿。牠們降落、斜掠、衝刺、轉折，全在電光火石之間，到來或離去，都是驚艷一瞥；尤其在群體一致行動上，迅速且配合無間，降落稻穗上啄食穀粒固然密集一起，驚慌時斜掠離去，像脫弦的箭雨般突然作V形轉折落在另一片稻田上，不須經過訓練和事先安排，在急速間改變方向卻沒有任何一只掉隊。

禾花雀啊禾花雀，你們究竟用什麼方法傳達訊息呢？稻穗成熟的時候，連續幾天，我在田岸上守望雀鳥，心間頻頻發出這樣的疑問。

2008年12月28日星洲日報〈文藝春秋〉版

打穀圖（張培業畫）

晒穀・舂米

　　彎垂的稻穗是耕農血汗的結晶，更是他們辛勤耕耘的希望。稻穀熟了，農夫進入另一個繁忙的季節，為了減低鳥害蟲傷帶來損失，耕農懂得把握最佳時機在穀粒金黃閃耀時開始收割。田水被引回小河，稻田乾枯了，「彭彭彭」的打穀聲此起彼落。

　　母親也忙著割稻。母親的割稻法最原始，她用一把月形的小彎刀，把熟透的稻穀逐穗逐穗收割，收集三、四穗交到另一只手，抱緊，抱滿胸懷就放進畚箕裡。這收割法很慢。別的農家群體下田，分工合作，他們用大把的鐮刀，連稻桿一起割斷，一叢一叢擺在田裡，然後送去打穀場。打穀，是將穀粒從稻穗中震脫，方便裝入麻袋。打穀桶構造簡單，底部是個圓木桶，豎起四支木條，三面圍以麻袋或草蓆，裡面放著一架梯形板塊，一叢一叢的稻穗連桿打下去，穀粒就脫落在裡面；數量多了才裝入麻袋。

　　收獲季節的田野充滿活力，處處蕩漾著歡笑，加上響亮的打穀聲，驚走了貪婪的鳥兒，連最活躍的禾花雀也聲消跡滅。鳥雀不來，但我並沒有閒靜，我把母親收割的稻穗送到畚箕裡，兩個畚箕堆滿了，母親挑到田岸邊，再繡成一束束才小心放進麻袋裡。父親唯一的工作，就是每天下午用他的老爺腳踏車，把稻穀載到鄉親的穀倉寄放。我們缺乏農家的所有設備，我們沒有茅寮蓋頂的穀倉，沒有晒穀場，沒有風鼓，也沒有舂米的石碓。農家

情濃，鄉親盡量騰出空檔讓母親利用他們的設施。從播種到舂米，程序層層疊疊，缺乏設備確有諸多不便，我想父親或許就是這樣，當年從不肯下田協助母親。

收穫後，田野重歸寧靜，這時候最熱鬧的輪到晒穀場。旭陽初露，農家就匆忙打開麻袋，把穀粒倒在穀場，用拖板攤開，讓陽光曝曬，每隔幾小時還要攪動，使穀粒快乾。母親收割的穀串，需要用腳踩踏，使穀粒脫離穗鬚，才能搬去穀場烘晒。看守穀場，是母親指定我做的工作。晒穀場近住宅，很多麻雀，還有農家飼養的雞鴨，都垂涎金黃色的稻穀。我的一雙眼瞳，從朝陽升起到夕陽西下，焦點都離不開晒穀場。我必須抖擻精神、全力灌注，我深悉母親耕作的勞苦，每一粒稻穀，都蘊藏著母親的汗滴和心血。

如今農耕現代化了，稻穀收割後送進輾米坊的大烘爐，省時省事。童年時晒穀，清早從麻袋倒出來，不時要攪動，下午收穀要木板推攏，集成金字塔，重新裝進麻袋，縫密，推入穀倉，翌日又推出晒穀場，重複好幾天才晒乾；驟雨來時就遭了，來不及裝袋唯有打堆用亞答或帆布蓋著。所以晒穀並非輕鬆的農事，農家經常要全家總動員，分工合作。

農家把晒乾的稻穀儲藏在穀倉裡，等待出售，留下部份自用。母親耕播一小片田地，收割幾包穀，除了還田租和穀種，舂成白米最多只夠我家兩個月消耗。但祖家農耕出生的母親，卻樂此不倦。只要減低家庭開消，有多少地就耕多少，這是母親的心意。我從幼齡至成長，母親一直是承擔家庭經濟的支柱，無怨也無悔。

　　我們的稻穀，寄放在鄉親的穀倉裡，一來我們沒有倉房，二來方便舂米。稻穀收藏後，每逢雨天樹濕不能割膠，母親就拉著姐姐和我一起去舂米。舂碓很重，舂米相當吃力，但在蔭涼的茅棚裡，而且有很多朋友前來湊熱鬧。所以我從不當舂米為苦差，而視為一項童年的腳踏遊戲，有無窮樂趣。

　　要舂米，稻穀必先經過風鼓吹打，實行淘汰，把空穀搨去。板製風鼓有如一架扁形長櫃，上端安裝漏斗，稻穀由漏斗倒入，搖轉扇葉，空穀被吹出風鼓外面，實穀流進漏斗從旁邊的糟格流出，用煤油桶盛裝。搨走的空穀，收集起來參薯藤芋葉煮成餿水養豬。

　　風鼓是鑑定稻穀虛實的農具。通過這一關的穀粒，才屬真材實料，含有飽滿晶亮的白米，才可以下舂碓。每戶農家都有舂碓，有了舂碓，自用的稻穀就不必送去輾米坊。那時代只有城鎮有輾米坊，和小型的輾米機。

　　母親把稻穀倒進石臼裡，姐姐和我的舂米行動就緊接開始了。舂碓用腳踏，一踏一放，石臼裡的穀粒在舂杵連續的搗擊下，穀殼脫落，道理跟用木杵舂米相同。母親說在容縣祖鄉舂杵是用磐石鑿成的，只有碓身用木幹，所以稱做石碓。我在童少年見過的舂碓，都以樹幹雕琢，臼窟則用洋灰凝固而成。舂碓是用兩支方木支撐，利用槓桿原理減輕人力。舂碓實際看更像一只木馬，踏腳的部份削平，地下挖穴，舂杵宛如馬頭，舂米部份因不斷撞擊易磨損，通常都包紮一層鐵板保養。

　　踏舂碓身體愈重愈好，省力，姐姐和我兩個人的體重恰好可以踩動舂碓；一人用左腳一人右腳，踏在碓尾，另一邊腳則踏在

地面平衡身體。我們踏放的行動必需默契，舂碓的起落頻率才一致。所以，腳板踏放不能有閃失；否則重量不足或失衡，舂碓鼎舉欠高，踏板扳起就會彈撞自己的腳板。

母親掌管石臼。她雙足屈跪，用手掏翻臼裡的穀粒；碓杵向上，母親迅速伸手往下一探，輕輕一撥，翻動穀粒，在碓杵下撞時縮手，這樣一直重複，使稻穀獲得均勻搗擊。姐姐和我面對母親，只見她滿頭大汗，眼睛的落點沒有移開過石臼；母親不能不專注，因為動作稍緩，縮手不及，就會有危險。姐姐曾要求母親對調工作，「太險了，太險了！」母親就是不肯。

稻穀經過舂碓半句鐘搗擊後，穀殼脫離了，繼續再舂，米粒斷碎，故掌臼要拿揑得準，適時喚停，用棒撐起舂碓，掏起穀米用簸箕篩去糠屑，晶亮的白米就可烹煮成飯了。篩穀米看似容易，其實也要技巧，母親兩手扶著竹篾簸箕，鼓起兩腮順風勢又吹又搖，穀糠隨紛紛飄落地上，米粒留在簸箕裡。穀糠還有利用價值，可以餵雞鴨。穀米篩完後，母親再次把麻袋的稻穀倒入石臼，姐姐和我又發動腳力了。一包稻穀，又舂又篩，幾乎花掉我們整天時間。

割樹膠收入低微，母親不得不想盡辦法開源。她從原鄉學來的種稻、舂米、篩簸等知識，一直不曾荒廢；到我升讀中學的時候，母親還割膠兼職種田，甚至種煙草和養豬。母親含辛茹苦、克勤克儉，長期為我的成長和求學，舖路。

除了感恩，我無以為報，真很慚愧！

2008年12月28日星洲日報〈文藝春秋〉版

用腳板踏的舂碓（林文慶攝）

把空穀搧出走的木造風鼓（林文慶攝）

輯二 回到擺渡的年代

頭燈，又再亮起

　　我一出世，就被稠密的綠色橡林濃罩著，靠乳白的膠液捱過沒有黃昏的日子。從最基本的抹洗膠杯做起，到我學割膠和收膠汁，最後竟然夢想成真，進入園坵的管理層，半世紀悠遊在切切切的割膠聲裡。

　　學會握膠刀好幾年，才有機會拿筆寫字。這是早年鄉野孩童的常見圖景，過早歷練人生習題。六歲原本揹書包蹦蹦跳跳入學堂，我卻肩掛膠絲袋，做母親的助手。每天凌晨三、四點鐘，大地一片昏沉，我們母子倆就匆匆成為夜裡趕路的遊魂了。

　　現在即使是老樹，園坵也管理得井然有序。五十年代環境有異，缺乏管理，園裡膠樹、灌木、蘆葦、茅草、野山楂併生共長，我們僅靠母親頭上那盞煤油燈，照亮荒蕪而崎嶇的山徑。周遭靜寂，四野黝黑，那盞夜風裡熒熒如豆的頭燈，光源雖然半明不昧，卻是引導我們走向職場唯一的亮點。

　　那盞煤油頭燈，化為我今生對母親最深情的記憶。

　　我們的作息沒有周假，過年佳節除外，落雨樹濕是天賜假期，膠工稱為「水限」。其他的日子頭燈總是準時閃爍，照亮荒徑，還有棵棵橡樹上的刀痕。

　　母親最早起床，洗洗刷刷，為全家料理早餐。等熱騰騰的飯菜上桌了，才輪到我打消睡意；但不時都要母親三催四促，我才

揉眼張目，掙扎離床。「阿弟，阿弟！起來啦，飯菜快冷了。」有時母親掀開門簾，以溫和的語調呼喚。凌晨三、四點鐘人們都在夢鄉裡呼嚕，掀被離開暖窩真要很大的決心同勇氣啊！

母親輕柔的喚聲像鬧鐘一般準確。我知道一天的生活旅程起步了，不再猶豫，急忙跳下床，匆匆盥洗然後用早點。母親這時拿出飯格，兩格盛白飯，兩格裝菜餚；菜餚不出三牙鹹魚、江魚花生、乾梅菜、菜脯，農曆年過後偶有臘腸和臘肉。這是我們母子倆在橡林裡享用的午餐。

母親把午餐、開水、膠刀、膠絲袋逐件放進膠桶裡，把掛在樑柱上的煤油燈取下，搖搖試探是否足油，才「卡嚓」一聲擦著火柴，點亮燈蕊，火焰裊裊往上衝。母親把燈盞綁在頭上。飯後我換上粘滿膠粒的裝束，等一切準備妥貼，母親將繫著膠桶的扁擔往肩膀一擺，我們就一起大剌剌踏出家門了。

我們的「亞答」板屋雖嫌簡陋，但頗覺溫暖。一步出郊外，夜風蕭蕭瑟瑟狂吹，送來陣陣不受歡迎的切膚寒意。一盞頭燈，兩個瘦長的影子幌幌蕩蕩移動，暗夜裡有如荒野間的魑魅遊魂突然現形。我總是跟著走在母親後頸，因為只有一盞燈，我領頭身影會擋著去路。我們愈走離家愈遠，山徑荒涼得可以聽見自己踢踏的腳步聲，而周遭深沉無邊的黑暗也彷彿愈來愈深沉；四野茫茫，但深邃廣邈的橡林世界並不是全然孤寂無聲，路上傳來間歇的唧唧蟲鳴，偶而有夜梟呀呀穿空越林，為夜空添染變化，當然也多幾分恐懼。

母子倆沉默地踏步，偶然母親轉頭照一照我，輕聲問：「冷嗎？」。語音彷彿是一陣暖氣，直透我的心房。母親轉頭那瞬

間，燈火搖幌不定，我看不清母親藏在頭燈背後的臉容，但我感覺到聲調裡的柔情和關切。

　　薄片鋅板打造成的煤油頭燈，構造極其簡單輕便，一個三角狀的煤油罐，略作弧形，兩邊各焊「環耳」，方便繫繩。油罐上部留個小孔，燈蕊由小孔通下去。一片方形鋅板焊緊油罐，是防風板。橡膠樹的割口高低不齊，母親的頭燈也隨著割口忽上忽下，防風鋅板發揮一定的效用；但是風大時，燈火也會熄滅的；有些夜蛾也勇士般飛來撲火，讓我們掉入刹那的黑網裡。幸虧母親早有防護，每天出門都隨身攜帶火柴。「卡擦」一聲，頭燈又再亮起。母親繼續切切切地照亮橡樹的傷痕。

　　我緊跟著母親，幫她洗抹膠杯，環繞過一棵又一棵、一行又一行的橡樹。在漫天黑暗荒草萋萋的寒夜裡，一個孤單的婦女，帶著一個稚氣初開的孩童，拼博一個無可預測的未來。

　　母親和頭燈今天都在我們家庭消逝了。但走進童年，追憶母親跌宕迂迴的一生，熒熒的頭燈，又再亮起。

2008年12月28日星洲日報〈文藝春秋〉版

我肩膀上的膠絲袋

　　很多人都以為，割樹膠是眼前功夫，很容易。其實不然，割膠也屬一種技能職業，橡樹生長不同，皮層深淺各異，如果掌握膠刀技能不夠純熟，靈活不足，就會失控，割得淺膠液少，割過深則創傷橡樹。一棵橡樹正常割膠，可達到廿五年的經濟生產；反之，不到十年橡樹就疤痕纍纍，沒有收成了。

　　父母曾經從事多種行業，但長期我們家庭的生活依靠，就是手上那把膠刀。所以，我從小就跟隨母親在膠園裡奔波勞碌，也自母親手中接過那把膠刀，未進校門就先學會了割樹膠，懂得靈活地控制膠刀，這使我在往後投入大園坵的管理，受用無窮。

　　起初我隨母親去割膠，是當母親的助手。當膠工助手的工作其實也不輕鬆，一樣得早起趕路，一樣得忍受風雨吹襲，只是我手上沒握一把膠刀。刀口V形的膠刀，每天放工回來都要用刀石磨，鋒利無比。我當母親的助手將近兩年，才學會了割膠。不是我蠢，而是，我年紀太小了，刀槍無眼，母親擔心我不小心，被膠刀割傷；另外就是深怕我割傷膠樹，影響生產。

　　跟母親在橡林裡奔走，其實是件很愜意的事，聽蟬鳴鳥叫，溪水低吟，午餐歇息的時候，母親還捉緊我雙手教我握膠刀的方法；甚至看著我讓我學割被風吹倒的老膠樹。在我，那是一種樂

趣，或者說野趣更切貼。有一點我感到難受，就是要天天早起，凌晨三、四點正是睡意甜綿時刻，卻要從暖窩裡爬起來，摸黑趕路。

　　每天都要走兩里多路，才抵達我們所割的膠林。說路，也不很正確，其實是曲折的荒徑，一有枯樹倒下來，就要改道，兜更大的圈子。抵達膠林，母親將擔子放下，從膠桶中拿出膠刀和膠絲袋，把膠絲袋掛在我肩上，我就像學童上學揹著書包，然而我的袋子裝進的是條狀的膠絲，不是書。

　　白帆布縫織的膠絲袋，是母親專為我度身打造的。帆布又粗又厚，普通針車針細，無法穿透，辛勤的母親用粗形的麻袋針，一針一針慢慢地縫織。袋口一邊較短，方便伸手放入膠絲。袋子兩邊有一條吊帶，讓我掛在肩膀上。膠絲是從膠樹割口上撕下來的條狀殘餘，母親拔去膠絲才割樹，膠絲輕便，割了幾棵樹母親才將膠絲交給我。膠絲袋除了裝膠絲，也同時裝膠丸。有些橡樹在收集膠液後，割口仍溢出膠液，滴到膠杯裡，翌日就凝結成膠丸，有如用杯子做的白發糕，水份多而沉重。我肩膀上的膠絲袋沉重了，就倒在樹行間，母親割完樹就拿著膠桶去逐堆收集。膠絲和膠丸都是膠樹的副產品，也可以出賣換錢。

　　無論早晨出發或在橡林割膠，母親都是領航，我緊跟在後。母親每走到一棵樹，當她照亮割口割樹時，我即拿起膠杯，迅速地拔去杯中昨天留下的膠丸，待母親割完了又迅速地將抹淨的杯子掛回樹上，迎接崩流而下的新鮮膠液。豐產的橡樹當拔去膠絲即溢出膠液了，拉割樹皮時膠液緊追母親的膠刀，然後像檐前急雨一般沖進膠杯裡，一陣子又像驟雨初歇，一滴──一滴。橡樹

產膠量參差不齊，有的半杯，有的滿杯，豐產的一棵樹要掛上兩個膠杯，那是令膠工雀躍的樹種。不過，需要兩個膠杯盛膠液的橡樹在當年罕見，只流半杯膠液的橡樹滿山遍野，比比皆是。

割膠工作是沒有間歇的，母親和我只有在天亮時回到放膠桶的寮子，母親從頭上採下煤油燈，吹熄了，掛在寮柱上。這時母親從膠桶中拿起水壺，「骨碌骨碌」地喝幾口開水；我接過水壺，也「骨碌骨碌」喝幾口，之後，又繼續未完的割膠工作。幾乎要接近早上十一點，才把樹份割完。這時，才回到寮子稍息，也正是我們饑腸轆轆的時刻。凌晨煮便的冷飯，搭配菜餚是三牙鹹魚仔，炒花生，鹹蛋或醃梅菜，但在莽莽郊野裡吃起來的感覺，竟也馨香無比呢！

遇天氣晴朗萬里碧藍的日子，餐後總歇息半小時，讓膠液滴聲我們始收集膠液，趁有空檔母親將膠絲膠丸倒進麻袋裡，準備和膠液一起挑回去；我則在鄰近找小鳥與鳥巢，等到母親一聲「亞弟，快來收膠囉」，貪玩的我才匆匆跑回寮子，拿起膠桶和膠抹趕在母親後面去收膠液。母親拿大膠桶，我拿的是小桶，我們分行收膠，我的小桶膠液滿了就倒進母親的大桶裡，然後由母親拿去寮子倒進空桶。每天母親總須在樹行與寮子之間來回幾趟，我們收膠的工作才完畢。

割樹膠最忌遇上驟雨。毫無預告的驟雨，來得又快又急，還夾著颼颼狂風，如果剛好割完膠樹突然一陣山雨咆哮，一天的血汗就被沖涮殆盡了。上蒼也許也有憐憫之心，雨來之前經常烏雲密佈，飄蕩蘊釀了好一陣，雨珠始慢條斯里地撒下來。我們就在風起雲涌之際，急急收起膠刀，拿起膠桶與天氣拼搏，和雨水爭

奪膠杯裡的乳汁。母親和我在風雨雷電交錯的橡林裡，一手拿膠桶一手拿膠抹，爭取那血汗結晶的剩餘，顧不得從髮絲掉落的是汗珠抑或雨水，只顧著在橡樹行間奔跑，探尋那掛在樹上的膠杯是否還存有希望……。

　　那一陣，是最緊急的時刻，昏沉的天地，迷濛的橡林，只有我們母子一瘦一矮的身影與風雨對峙，不放棄，不退縮，為了生活。

　　假如說淒風苦雨，那一定是落在我童年記憶裡的風雨

2011年1月16日星洲日報〈文藝春秋〉版

遇見山棗樹

　　鄉間的橡樹林同時也叢生著一些果樹，大多數由人工種植的但也有野生的，與橡膠樹爭奪生長空間。童年時跟隨母親割膠，我最喜歡甘榜裡的馬來小園主，他們的膠林總有不少香甜的果樹，我們在割膠的時候可以吃到免費榴槤、山竹、芒果和紅毛丹。甚至，我還和小松鼠一起吃過鮮栗子呢！

　　在四十年代，在太平十三碑的橡樹林我還吃過山棗。毫無次序地生長在橡樹行間的山棗樹，顯然都是野生的。超過半世紀的今天，原為橡膠樹的地盤已被霸氣沖天的棕櫚侵略了，那些山棗樹在翻種過程中，已與老橡樹一起灰飛煙滅，同歸塵土了。幾十年在橡樹叢林中兜轉，走過許多荒蕪雜樹叢生的老橡林，我試圖尋覓兒時記憶裡的那種山棗樹，可惜踏遍無數山水叢林，山棗樹再也沒有出現過，十三碑那片橡樹林成為山棗樹唯一出現過的地方。

　　哪年我五歲吧，我肩膀上第一次掛著膠絲袋走進橡樹林，跟隨母親割膠。那是一片超齡老樹，可能被人遺棄久了，到處蔓草雜樹叢生，寸步難行，貧困的我們卻在日本剛投降走投無路，來到荒蕪的橡林，希望老橡樹動情或憐憫，流出的膠汁足以供我們全家渡過苦難的日子。

　　我竟然就這樣遇見山棗樹，吃到了它深紅皮皺的棗子。

　　面對荒蕪的膠林，母親只有自己想辦法用勞力處理，每天割完膠樹匆匆吃過鹹魚仔白飯充饑，利用收集膠液前的空檔，手上拿起「巴冷刀」就去藤砍樹，把侵佔橡樹行的雜樹消除，卻令我納罕有一種樹母親手下留情。母親見我好奇，便道：「這是棗樹呀，你看樹上還長滿棗子呢！」說完即刻用樹枝鈎下幾粒子叫我嚐。

　　第一次吃到野生的鮮棗，有種甜蜜在心頭。我年紀雖小，但對紅棗卻不感陌生，那是過年佳節拜神和祭祖的必須。雖然家境桎梏，雞鴨和糖果幾乎是逢年過節神龕上的供品；糖果盛在一個小碗內，裡邊是紅棗，冬瓜條，花生糖之類。拜祭完畢母親捧著雞走進廚房，姐姐和我就開始爭奪那碗糖果了。那是唯一可以在開飯前吃到的食品。

　　皮皺皺的紅棗，很甜，母親告訴我那是唐山棗，但做夢也沒想過紅棗樹會長在我們割膠的橡林裡，從此不只天天我見到棗樹，也讓我天天嚐到新鮮的棗子。這，我除了帶著懵懂的驚喜，更多是味蕾的滿足感與貪婪。山棗子甜度自然不如唐山棗，惟即採即吃，新鮮兼水份飽滿，更重要是沒有人和我爭奪，我可以很安心去享受，去慢慢咀嚼山棗淡淡的甜，和幽幽的香。

　　山棗樹低矮，屬於灌木類，樹幹不過手腕般粗大。母親清理蔓草雜樹，棗樹逐棵逐棵露臉，讓羨慕的我更清晰地瀏覽它們與橡樹競爭空間的勢力。在巍峨聳立的膠樹底下尋找土壤，陽光和雨露，而無論枝幹和樹葉皆難與粗壯的橡樹競抗，但棗樹依然散播它們的種子，並於極度惡劣的環境裡舒展枝葉，擴張抱負，好

令人敬佩的生命歷程啊！

　　母親艱苦滴落的血汗，融合了巴冷刀的鋒芒，剷除荒涼使棗樹的葉片迎接到更多的陽光和雨露，環境改變後的棗樹，樹幹與枝條也益趨健壯，棗樹結出的棗子也更為可觀。

　　每天割完膠樹，母親和我即各忙各的：母親去整理膠絲膠丸，我忙不迭尋找棗樹，看那一棵樹上結得又多又紅的棗子。漸漸地我摸透了棗子的成熟經歷，棗子要至深紅才算熟透，這時棗子外皮略皺，深紅的棗子也較鮮甜。不過要守到棗子熟透可真不容易，橡林裡處處都有飛鳥和野獸的蹤跡，尤其是果子狸與小松鼠，臭覺與行動均遠遠超越我，成為和我爭奪棗子的勁敵；當疲憊的母子倆步履蹣跚走出橡膠林，饑渴的鳥獸就伺機而出，四處活動，毫無忌憚變為棗樹的主人了。牠們常期間依靠野生果實養命，比我更懂得選擇深紅的成熟棗子。往往，當我瞄準了一棵棗樹，第二天來到橡林，棗樹上徒留青澀的嫩棗，疏疏落落地懸在枝頭上，地上滿是牠們吐出的棗核，還有異味難聞的便溺，讓我心痛，也叫我憤懣！

　　「總是有人與我爭食棗子！」。我滿腹騷怨。緣何我不能獨享一片棗林呢？我覺得姐姐好像比我幸運，因為她照顧出生不久的妹妹，不必半夜三更起身趕路，像我，冒犯風雨朝露，跟著母親走進橡林。但過節時的唐山棗姐姐常吃得比我多，姐姐常掌握先機捧著糖果碗，要我追逐好久才像施捨似地分得幾粒唐山棗。如今遇見了新鮮唾手可擽的山棗，又遭受鳥獸侵犯，要與果子狸、松鼠、白頭翁和山雀分享。母親花掉幾許心血和汗珠，棗樹才發枝、長葉、健壯、結棗，鳥獸在棗子成熟輕鬆享受，明採暗

奪。我幼小的心裡有一團憤慨膺胸的不平！

「媽媽，你看，又那麼多紅棗被鳥獸吃掉了，叫人來把牠們統統打死吧！」一天我指著地上的棗核，忍不住向母親投訴。

「小松鼠可憐，靠山棗過日子；白頭翁食糧很小，由牠們自由吃用吧！」母親說著挽起我的手，「棗樹那麼多，我們和牠們一起分享。」母親帶著我往溪邊走，看見了一棵枝葉間掛滿棗子的棗樹。

「你看，這棵棗樹的棗子你吃不完了！」

深紅熟透的棗子，令我雀躍不已。吃夠了，我還塞滿兩邊褲袋子，把紅棗帶回家與姐姐共享。

從那次之後，不管是吃唐山棗抑或山棗，獨自佔有的那種慾望已完全跳出了我的心胸。母親的分享意念像一棵山棗樹，雖落在橡樹複蓋的土地上，但卻能倔強地成長，迎接朝陽夕露，在我的生命旅途中開花結果。

2011年5月1日星洲日報〈文藝春秋〉版

在十三碑的日子

印像中，我在太平十三碑渡過的童年日子不長，只有年餘光景。十三碑是從太平通往巴都古樓（Batu Kurau）中途的一段路，童年時聽到大家都叫十三碑，我不清楚現在還叫不叫十三碑，只因自六歲時我離開便不曾回去過。

我們全家有機緣從江沙的郊區搬去陌生的十三碑，因為我的三姐送給瑤倫附近黃家做童養媳。黃家的胞兄住太平十三碑，他們有片老膠林荒廢沒人採割，便推介我們去接手。二戰結束不久，我家常年在戰後的貧困中兜日子，父母親也想轉換環境改變命運過好生活。豈知環境是轉換了，命運和生活並沒有跟著變好。

搬來十三碑我才六歲，六歲就跟母親一起走入黑麻麻的橡膠林體驗人生。因為遷居不久，母親就生下了么妹，父親因眼疾賦閑在家，二姐要照顧妹妹，於是母親頓成家中的中流砥柱。我第一次跟著母親每天凌晨三、四點走進橡樹林，在蚊子紛飛與擾嚷中收集膠絲和膠丸。

十三碑那片膠林地段，荒僻中只有兩幢孤零零的木板屋，就是黃家和我家。所幸居所離馬路不遠，四野平闊，急馳而過的車輛舉目可見，還不致有孤煙跡滅之感。雖然短期寄居，十三碑卻也有不少最令我緬懷之處，留下絲絲美好而難忘的印記。

有膠園的黃家日子當然過得比我們好，但也以割膠過活。他

們一家五口，兩個兒子黃國強與黃國光，十六、七歲年紀，還有一個胖都都大我兩歲的女兒。我們搬來不到半年，黃家就辦喜事了──國強成親，迎親那天喇叭笛笛打打好不熱鬧。黃家當天下午尚在門前大擺宴席，有位大叔喝得酩酊大醉，還不聽勸告，步履蹣跚、強扮清醒要走路回家，結果闖闖跌跌走不到百步就掉入路旁的水潭，由賓客救起已變落湯雞。

　　兩個家庭孩子都不多，玩伴少，平日我從膠林回來無聊便獨個兒走進屋前的矮灌木叢去抓小鳥。說「抓」其實並不確實，年僅六歲的孩童也想不出什麼抓鳥的好點子。

　　灌木叢衍長的多為野山楂，枝幹高約七、八尺，小鳥飛來主要為了啄食成熟的山楂果。有一天我異想天開，要為無家可歸的鳥兒造一個鳥窩。於是從父親棄擲的香煙空盒子摺成凹狀，按在山楂樹的U形枝椏，每天傍晚去灌木叢悄悄窺看，希望有小鳥飛來投宿；一天兩天三天四天匆匆過去了，沒有動靜。大概我造的鳥窩太簡單了，我想。於是我撿了些落葉和枯草填進空煙盒，看去很溫暖，儼然與真鳥窩無甚分別了；可是我左等右等，等到煙盒子被風雨腐蝕殆盡，落葉枯草掉落地上，也不曾見有鳥兒青睞我經營的「鳥窩」。百般思索，心中一直摸不透原因。

　　黃家兩兄弟，以弟弟國光與我接觸最多，有時去沼澤垂釣，有時到憐近的小河撈魚摸蝦，都喜歡招我同行。一日「水限」（雨天），國光來我家，對母親說：

　　「亞桂嬸，我想找亞弟一同去太平玩，好嗎？」

　　我真興奮得想跳起來，但我凡事均聽從母親，不敢私自表態。母親沉默好一陣，才回答：「當然好，不過城裏車多，亞弟

年紀小，過馬路你可千萬要牽著他啊！」。說完，母親叫我換上一套較像樣的衣裝，又從腰間衣袋掏出幾個銀角交給我。於是國光牽著我，一起急急忙忙到公路搭巴士，經過約四十五分鐘到達太平。

　　第一次到太平，心情原本萬分愉悅與興奮的，可是當我的腳步踏下巴士的剎那，闖進我眼簾的盡是一列紅彤彤的棺材，那恐怖的實景差點把我嚇破了膽！原來巴士車站對面，僅隔一條狹窄的馬路是棺材店，並排著不是一副棺材或兩副三副，而是連續三間店盡是棺材。那時還未出現西式紅毛棺材，中式的棺材兩端蹺起，漆釉和形狀在五歲孩童眼裏的確十分恐怖；何況三家壽板店競爭生意，都將棺材直排到店前，幾乎要突出行人走廊了。

　　我小時就隨母親挑燈割樹膠，我習慣了在黑暗行走，卻對幽靈鬼怪十分恐慌。我明知店前擺放的全是空槨，但心裡馬上引起陰森森的感覺，毛髮悚然了。我惶惑得臉頰蒼白、兩腳無力，國光似乎懂得我的處境。來，我們去吃紅豆冰。他說完忙牽著我朝小販的攤檔走去。四十年代的太平車站沒有小販中心，冰水檔和零食攤子全繞著車站擺賣。我們走到其中一檔冰水檔，國光叫了兩碗紅豆冰，我吃著冷冷的紅豆冰，好久好久，忐忑的心跳才逐漸緩和些。

　　國光帶我去太平，我以為最多逛逛街，買些髮油牙刷之類的日常用品。沒想居然嚐到透涼心脾的雪霜。父親從來不曾帶過我進城玩，母親也沒有，這個黃家小兄弟請我吃爽口的紅豆冰，幼小的心靈感覺有無比的溫馨。

　　亞弟，我們去看一場電影戲。我才吃完雪霜，國光又牽著

我一起跨過馬路，進去附近的娛樂場。其實，那時我根本不知道「電影戲」是什麼玩意兒，但心裡想一定是好好看的。進到娛樂場，國光從褲袋裡掏出銀角，囑我在站一旁等，說他要去買戲票。

戲院真闊真大──我從來沒見過如此寬闊的建築物。板椅子排列整齊有序，大多數被觀眾霸坐著了。國光帶我到前排，很靠近銀幕。我們剛坐下，突然間燈光熄滅了，我又是一驚。影戲放映了，國光在我耳畔輕聲說。這時候我才晃然大悟，影戲原來要在黑暗裡才看得清楚的。年紀小，電影裡的人物與故事，我當然無法全然理解，我對銀幕上出現的風景和建築，不只羨慕，簡直就是驚歎！

影戲落幕，我們又在附近吃湯麵，才趕去搭巴士。到車站的時候，我眼睛的視線盡力避開對面馬路那些恐怖的不祥場景。但是，無論我如何回避，彷彿都失敗，因為當巴士緩緩出站的時候，車頭總是對準那三間棺材店，而且要在店前才慢慢轉彎駛出市區。車站僅有一個出口，也是唯一的出口。

自從那次之後，雨天或休息去太平成為我們的月常活動，而我們一起嚼紅豆冰、一起看影戲、一起吃湯麵，一律由國光掏腰包付賬。母親知道每次我都沒有花錢，後來就索性我進城不給我半分錢了。

十三碑的日子不曾改變我家的生活，卻留給我一片溫馨的回憶。遺憾的是自離開後六十多年沒有機緣舊地重遊，那遠去的友情更難尋找了。

2011年5月1日星洲日報〈文藝春秋〉版

恐怖的槍殺事件

　　第一次目睹恐怖的槍殺事件，大概那年我只有七歲。在那種年紀不要說槍殺，縱使聽到槍彈聲都會震顫不已。事件發生時連大人都驚慌失措，四處逃竄躲避，我只感覺到一顆心激烈跳動，全身軟弱無力，天旋地轉，彷彿是世界末日來臨！

　　當時年幼懵懵懂懂，對事情不知所已。直到歲數稍長，懂得讀報看書，才從蛛絲馬跡中發現當年錯綜復雜的政治因素。原來二戰終結，日本蝗軍潰退撤離，英政府重新掌控馬來亞，與馬共展開談判因意見分岐而對立，冰炭難容，馬共遂退居森林組織了游擊隊繼續活動，山野橡林成為他們多層面的保護傘。

　　由於財源充裕，那年代的大園坵幾乎清一色為英人擁有。但是因為經常遭受馬共的騷擾，園主為了保命不得已將業務交給承包商管理。這些被人叫做「管迪力」（contractor）的承包商，多數是華裔，管理包括生產與行政。

　　我們全家在十三碑捱苦的日子，堂哥卻在巴都古樓（Batu Kurau）鄰近一個英人大園坵割膠。堂哥與我們向來都生活在起，儼如一家人，此次因為十三碑的小園老樹不足分配，堂哥只好無奈在大園坵落腳獨居了。堂哥性情雖有點孤僻，卻是很疼惜我這個小堂弟；有一回他從太平回巴都古樓，剛巧看見姐姐和我在馬路邊玩樂，他就從巴士上拋下一包餅乾，還從車窗探出頭來向我

們招手（那年代的巴士沒冷氣，車行開著車窗）。有一天，堂哥
捎來一個好消息，說大園坵有多個新樹空缺，需要膠工填補。

　　就這樣我們全家搬去英人的園坵，離開僻闊的鄉野十三碑，
和那些迄今難忘的紅彤彤鮮豔的山棗與綠油油的山棗樹。

　　生活在大園丘顯然比十三碑輕鬆，母親割新樹不必每天爬梯
子；早上六點鐘才出門工作，全部膠工由囉哩送到工作地點，免
辛苦挑膠桶提膠刀行走羊腸小徑。在年幼的我來說，這條件算非
常優渥難得了，雖然我還得幫母親抹膠杯和收膠液。

　　我們住在園方提供的高腳長屋。長屋有好幾排，建構型式一
個模板，板牆漆黑，鋅板屋頂，好些房間空著，可能等待新來的
膠工填補。聽母親說膠園分由幾個「管迪力」掌控，每人有幾十
名膠工。英籍園坵經理棄職逃走後，一切管理，包涵招請工人和
發糧餉統統由「管迪力」承擔。他們的居所也與眾不同，都是有
籬笆設防的獨立平房，而且都養著幾隻狗，閒人不敢趨近。他們
的房子平時靜悄悄，沒有見到人影進出，每個「管迪力」好像都
是孤居寡佬，也許他們為鬼佬賣命觸怒馬共，怕連累家人，所以
沒有攜眷扶幼來園坵服務。

　　對我而言，從小膠園進駐大園坵，無疑開闊了眼界，由居住
環境到割膠工作，程序上都有很大的轉變。中午收完膠液，由母
親挑回秤膠棚，秤量過後把膠液倒進膠槽，洗清潔膠桶，就大剌
剌乘囉哩回宿舍休息了。制作膠片的事完全與膠工無關。

　　有天早上，飛機在森林上空隆隆盤旋，還以擴音器用各種方
言發出廣播，我似懂非懂，不知道飛機廣播的用意和企圖。

「媽媽，飛機上講什麼？」於是我問。媽媽滿臉肅穆，責懟道：「儂兒仔，不要多事，靜靜工作就好！」

接下來每隔三兩天就聽到飛機不停地盤旋，重複各種語言廣播，但是我再也不敢向母親發問，只讓那股謎團藏在心裡。突然有一天飛機飛得特別低，幾乎是從橡樹頂上隆隆掠過，千篇一律的廣播聲浪非常刺耳。就在這一剎那間，我發現很多紙張蝴蝶一般透過濃密的橡樹葉，紛紛飄落到地上，有幾張竟然飄在我們面前不遠處；那些紙張不是空白的紙，而印滿密密麻麻的黑字。雖然我不識字，卻非常好奇地想拾起來看看，怎知腳步尚未踏出，就聽見母親的聲音：

「千萬別動，給山老鼠看的！」我正想踏出的腳步，頓時被母親的叱聲揪住了。

平時在秤膠棚聽到膠工交談，總提到「山老鼠」，眾人連馬共兩個字也不敢掛在嘴邊。因為當時游擊隊經常從山林出來騷擾鄉民，馬共已是人人心目中的恐怖份子，自然變為一種禁忌。

我感覺出時局似乎愈來愈緊張了，最顯明的現象是放工回來大家極少出來走動，尤其晚飯後閂門躲在自家房裡，大有「風雨欲來風滿樓」的狀況。我更發現有幾家膠工，悄悄地向「管迪力」辭工，收拾行李整家遷出了園坵。但是多數工人依然照常作息，囉哩清晨準時啟動，「管迪力」也隨膠工一起出發。

這一天是個晴朗的工作日，膠工在橡葉搖曳中忙碌了近半天，時至晌午，個個都已將膠液挑回秤膠棚，有的膠工抹乾汗滴等待秤量膠乳，秤完膠乳的正在清洗膠桶，大家仍在各忙各的。這時刻操控秤膠的人是「管迪力」，他一手握秤稱讀出膠乳的重

量，另一隻手在記錄簿上寫下數量。

　　人影幌動的秤膠棚裡，「管迪力」要算最忙碌的一個，因為所有的膠液都必須經過他的鑑定，從第一個膠工回來到最後一個膠工，生產的記錄工作別無旁貸。

　　母親因為有我幫忙收膠液，每天都領先回到秤膠棚，當大家仍在忙碌時，我們母子倆已坐在秤膠棚外的土墩歇腳了。

　　就在這時突然有三個身穿綠色軍服的陌生漢，神色匆匆地撞進來，驚動了所有正在繁忙的眾人；「管迪力」一見被嚇得臉青額白，立刻拋下一切，拔腿飛奔，往膠林斜坡的方向逃命，陌生漢默不出聲一起追過去，「管迪力」逃不到百步忽然傳來「砰砰砰」三響槍聲。然後一切回歸靜寂。

　　綠裝陌生漢突然出現，像一陣海嘯捲上堤岸，深深地刺激了大家的神經線，引起騷動的結果是倉皇竄逃。母親二話不說，牽緊我的臂骼閃電一般逃避，躲在一棵橡膠樹下；這時候母親才在我耳畔說：「俯身，千萬別站起來，也別出聲！」我聽得出，母親的語調是顫抖的。

　　我不知道究竟什麼事令大家慌慄失措，直到槍聲破空震野，龜縮在母親懷抱的我才如夢初醒，明白事件的嚴重性。這一刻，整片膠林陷入從未有過的死寂，連平日愛在枝頭上喧鬧的鳥兒也噤若寒蟬。

　　好久，好久，我們抨住呼吸，不敢輕舉妄動，直到聽到有窸窣的腳步聲，母親才採首出來望一望，証實那三個陌生漢消逝了蹤影，大家始若驚弓之鳥回到秤膠棚。幾個膠工把受傷的「管

迪力」扛上囉哩，我聽見他低聲的呻吟，鮮血自他的頭部簌簌淌下……

第二天早晨，沒有工人敢出門割膠，大家紛紛離開巴都古樓的大園坵，另尋出路了。我們不過落腳幾個月，席猶未暖，便又被迫隨眾遷移了。重恩情的母親在我們搬離當天，還帶著我特地到太平醫院去探病人，只見「管迪力」躺在鐵欄杆圍困的病房內，一動不動，頭部纏滿紗巾，雙眼齊閉，幾乎奄奄一息了。果然沒幾天，就傳出他逝世的消息。

二戰後最初那段日子，潦倒、失業、遷移，不停困擾著我們。

2005年11月30日中國報副刊

2011年2月修定

米牌制度下的折騰

　　童年時我家大部份日子，都在荒涼的小園坵裡翻滾。記憶中也曾落腳有宿舍甚至有水有電的大園坵。在我約七歲那年，有段時間我們投身巴都古樓（Batu Kurau）一個英人的大園坵生活。那地方丘陵起伏，處在森林邊緣，是個馬共潛藏與活躍的黑區。

　　巴都古樓距離太平三十多哩，我們在大園坵生活的日子最困擾的事，每月都要乘巴士到太平去買米糧。原來英政府為了杜絕農民接濟馬共，實施了米牌制度，由家庭人口多寡決定米糧購買量，我們原居十三碑，米牌是在太平的雜貨店登記分發的，遷移巴都古樓一時無法轉換米牌，依然得遠去米牌註冊地購米，否則便只有斷炊。

　　因此我們遷來大園坵，生活環境雖有所改進，但母親為了全家老幼，除了每天早起出門割膠，每月還得一或兩次奔波幾十公里，連同我跋涉好幾里泥徑到公路，截巴士去太平購米糧，還有日常用品；回程的時候，已是四野茫茫，每次總是摸黑趕路回園坵。

　　母親必須爭取每個天晴的工作日，是因為窮困。家中即使糧缺米罄，母親也絕不會告假一天專程去買米糧，而是在割膠放工之後才悾惚趕路。那時已是午後，我們母子倆沖涼換裝，就快步趕去馬路搭巴士，到太平往往已四、五點鐘了。買米選雜貨都在

萬分火急下進行，幸虧商店老闆心地好，見我年幼母親體弱，特地用腳踏車將所有貨物載至車站，還扛上巴士，讓母親稍為可以喘氣。

有時遇到巴士尚未開行，我們還可在車站旁吃碗麵和喝冰水解渴，否則貨沒上完司機已握緊駕駛盤等著開行，我們只有一路忍著饑渴回家。四十年代的交通設施與馬路建造，和今天相比簡直像天跟地，那時根本沒聽過冷氣這回事，巴士只有兩排長木凳，乘客面對面排排坐；也有出現橫排的雙人坐巴士，然坐位仍是木凳打造的，連車窗都是木板釘成。巴士構造如此粗陋，馬路又彎曲又凹凸，一路蹬蹬跳跳砰砰碰碰，加上沿途乘客貨物上上下下，幾十里路需消耗一小時半才抵達。

從小我就不喜歡坐車，母親也是，尤其討厭坐巴士，除了因為那喧囂震耳的音噪，更因為我們母子倆有個相同的暈車病，巴士奔奔停停，車窗外山水景致飛馳，我們就感到天旋地轉，彎轉蹬跳嚴重的時候，甚至還引起嘔吐，渾身不自在；所以每次在出發之前，母親都以舊報紙摺便兩個袋子，作為嘔吐的準備。是故母子同病相憐，每次下站都要互相攙扶，好一陣子才能回神，繼續行走。

雖然我年紀小，卻也懂得自我調適，覺得嘔吐或許與巴士的過度震盪搖幌有關，於是有一次一上車我即站著，降低了震盪力，果然湊效，直到下站居然精神弈弈，沒有暈眩，我高興極了。有一回母親在車上暈到嘔吐，我無限憐惜地對母親說：「媽媽，你不如學我，也站起試試吧！」不料母親卻搖搖手，說：「傻瓜，媽媽又不是儂兒，怎能像你站到下車。」當年的天真無

邪，今天想起仍覺得可笑有趣。

　　每次回程，當巴士緩緩離開太平市區，夕陽已經從西邊沉落，街燈準時地一盞接一張大眼睛，目送我們我們這班遲歸的旅客。當我們撳鈴喚車停在路邊時，大地早已被黑幔籠罩住，伸手不見五指了。幸虧我們還有個堂哥支持，年青力壯的他總會手拿電筒，不顧蚊子叮咬孤身在路口等候我們。巴士咿呀停下，堂哥立刻幫忙把米糧雜貨搬下車，與母親分擔挑米和扛雜貨，照亮泥路的工作就交給我負責了。

　　由馬路到園坵那段紅泥路，兩邊都是荒林僻野，雜樹聳立，縱使在晴朗無雲的明月夜，多少也鬱結著荒蕪與悲涼，因為除了蟲多唧唧，不時還傳來夜梟嗷嘯，把原本詭譎的夜色宣染得更為惶恐複雜。有過車到時恰逢夜雨，雨衣雨傘蓋得住米糧罩不住身體，那種黑夜跋涉的艱難苦境，竟成磨練我成長的基石。

　　我家的米牌是唯一在太平註冊的，也因此，全園裡上上下下的工人，只有我家遭遇米牌強制的困擾與折騰，家庭柢柱的母親招受最大的磨難；但是，為了全家大小，為了生活，母親從未發出任何怨言，她默默地承受，也默默地付出。

　　母親是一個勇於面對人生的倔強女性。

2005年11月23日中國報副刊

2011年2月修定

山腳下那口井

水深不過四、五尺，但山腳下那口井則是我們全家生命的泉源；飲用、沖涼、洗蔬菜、搗衣服，總之一切清潔洗滌的工作都依賴那口井。

雙親在小園坵兜轉的日子，我的幼年時光缺乏玩伴，孤寂中唯有自尋歡樂，把不少腳印消耗在井湄，竟也自得其樂。

想不到樂極生悲，我差點葬身井底。那一天我不小心，失足墮井，從地府的窄門掙扎逃脫，雖然撿回一條命，但從此與井絕緣，母親千咐萬囑訓誡二姐到井湄搗衣禁止我跟隨。

我與井的空間，自此隔著一堵牆，不能踰越。然而，在山頂住家的門口朝下望，那口井的粗糙形象，依然清晰地出現在膠林山徑彎彎的盡頭。在視程之內的距離，自然不會遠，遠的是母親的禁令，無人敢違抗。我只得乖乖留在山頂的陋屋，眼巴巴看著二姐把一桶髒衣服插在腰間，一步一步往山腳下走去。

那時我只有五歲光景吧。隨時間遠去，年代的印痕變得愈來愈淡薄，唯夢魘彷彿飄落井裡的橡葉，不時自水中浮起，且鮮明如昨日。

居所建在一個嶺坡上，一間「亞答」蓋頂的陳舊木板屋，有些破漏了，但仍為我們全家擋風撐雨。板屋屬於園主的，是給顧員唯一的慰藉，在窮無立錐之地的我們，有這樣的安身處已經很

感恩了！

　　遍野橡樹的山嶺僅有一間破房子，顯得孤煙獨處；也許林蔭深處另有人煙，命運與我們相同的人家，但幼齡的我無法更進一步了解周遭環境，林闊叢荒，頂多我只能在住宅鄰近撿撿橡實籽，聽聽鳥叫。

　　除了這些，我幾乎沒有其他的玩樂選項。所以，孤寂成為我最大的遺憾。

　　每天父母早早出門割膠之後，黑漆漆的整間房子，只剩下相依為命的二姐和我兩個。二姐除了照顧我，挑水搗衣也成為她的日常功課。我呢，怎會孤伶伶守在板屋，一見二姐趿上木屐，帶著滿桶髒衣服跨出門檻，即喜上眉梢，拿著鋁缽或奶罐等可以淘水的器皿，跟著她一起走下山腳。

　　那條橡林間的小徑，從家門口一路彎斜下去，姐姐洗衣，母親挑水，父親沖涼，家庭成員每天來回好幾趟，把小徑踩的寸草不長。唯一必須留神老膠樹縱橫交錯的根虬，像蜿蜒的莽蛇一般浮出土面，變成我們舉步的障礙。踢著，肯定人仰馬翻，頭破血流。

　　走到山腳的盡頭只須十餘分鐘，那口井即以渾圓的臉龐、菱鏡的清澈向我們微笑了。像我們居住的板屋一樣粗陋，那口井完全沒有設防，沒有套灰圈，沒有圍欄，不消說抽水的轆轤與繩索了。挖掘一個深洞，便是一口井了，但冒出來的水源卻令人驚喜——清澈無比。

　　無比簡單的一口井，自然井湄沒鋪上洋灰土，姐姐搗衣時墊上一塊小小的硬木板，這，也是那口井僅存在的裝備。除了在雨

季，井水平常都不滿，井水距離土面約有兩尺許，空間的土壁疏落地爬著好些蕨類。姐姐洗衣要取水，必須用小桶逐桶逐桶汲上來。

對幼童而言，水永遠都煥發著魅力。我就在姐姐頻密的搗衣聲裡自尋天地，悄悄在井湄淘水取樂；蹲著兩腳，雙手下垂，一手鋁鉢另一手奶罐，天真無邪地淘水撈魚。其實那不過是幼稚的幻想，我從未撈獲什麼魚，甚至小魚兒，但只要雙手淘到水，心靈上就獲得無比的滿足和愉悅。

姐姐和我，各忙各的。姐姐從未干涉我的行動，聚精會神在洗衣上。這時我手中的鋁鉢不慎脫落井裡，我的手只好往下探，想攫回鋁鉢，但是一試再試，還是撩不著水面，於是彎腰，把頭倒垂，藉此增加下探的長度。

就在這時，突然我兩腳一滑，身體向前傾倒，「噗通」一聲掉落井裡。姐姐聽見聲響，立刻轉身要來救我，她伸出雙手拼命攫拉，但無論怎樣努力還是觸不到我的身體。慌亂中我腳踢手抓，不停掙扎，然愈掙扎喝進更多水，四肢開始虛弱無力，身體也跟著慢慢下沉……下沉。

雖然全身沉下水中，我依然有知覺，井水除了從口中湧進，鼻孔因為吸氣的關係，也吸入了不少水量，所以須臾之間我便墜落了井底。我年紀雖然小，那一刻卻也心生恐慌，並且死命掙扎；嘴巴已經被水堵塞，無法發出呼聲求救，掙扎驥求脫困，是唯一可做的事了。

此刻，身在井湄的姐姐在做什麼呢？只有八、九歲的她，哭喪著臉向家人發出呼救是唯一的本能了！

　　我不清楚自己昏迷了多少時間。當我蘇醒，氣若游絲地平臥在家門前的長凳上，眼睛尚無力睜開，耳朵卻聽到了母親低沉的抽泣。她一邊輕輕按壓我的腹部，一邊不停呼喚道：「阿弟，醒醒呀！阿弟，醒醒呀！……。」

　　水從我的口、鼻，隨母親按壓的動作溢出，又痛苦又難受。直到我「哦」一聲吐出最後一口水，張開疲憊不堪的眼睛，發現臉上滴落母親晶瑩的淚珠！

　　「媽媽，媽媽！」我終於逃過水劫。母親把我緊緊擁進懷裡。

2005年8月3日中國報副刊

2010年2月修定

野生植物

如果山棗樹令我懷念，那麼野山楂和草椰也同樣叫我癡迷不已。不同是山棗樹只出現在十三碑荒蕪的老橡林，彷彿驚鴻一瞥，而野山楂和草椰則在膠林處處現身，我的童年日子被它們緊緊地籠罩著。

這些，都是橡樹林蔭下附長的野生植物，不需人工施肥、灌溉，以有限的陽光底下展示無比倔強的生命力，與低矮的灌木，鋪地的野草，匍匐的藤蔓，把老樹膠林交織成脈脈繁複的風景。這些多樣化的綠色植物，結出累累可食的多彩果實，不僅僅填補小松鼠、果子狸與猿猴的日常饑寒，還讓童年饞嘴的我在與世無爭中享受野果的滋味。

我國第一代的膠樹都是清除熱帶雨林後種植的，因此原始植物遺留的種子特別繁複，萌芽出土後與橡樹爭奪陽光土地，野山楂和草椰成為膠林裡最普遍的野生可食植物，動物和鳥類缺乏了它們，無疑降低生存條件；在我，卻是童年膠林生活的一項調味品，於貧窮困苦中取得絲絲甜蜜。

屬於矮灌木的野山楂，到了翻種兩代的今天依然在園坵裡普遍地迎風招展，足見其繁殖力與生命力之盛旺。野山楂莖高不過三公尺，開粉紅的五瓣花，有梅花的媚態，花果四季不絕，枝椏分佈均稱繁密，所以山楂叢終年早晚鳥聲啾啾，我童年時就喜歡

在山楂樹叢間追逐鳥蹤尋樂。

其實，野山楂遍野叢生，不一定要在膠林才可發現。鄉間椰林，榴槤園或可可芭隨處可見它們簇擁叢生。山楂花凋謝後，結出尾指般大小的果實，成熟的山楂果自然爆裂，像石榴。深藍色的山楂果甜度低，吃過口舌藍上好半天。山楂樹低矮，不必攀高即可採摘，又普遍性生長，因此是鄉間孩童最愛的野果。

山楂樹枝椏均稱，幾乎都以U字形分枝，還是我們鄉間孩童製造橡皮「拉士的」射鳥的最佳材料呢！

兩年前偕妻子回祖鄉廣西，順遊素稱「小桂林」的靖西，意想不到野山楂竟是當地的著名土產。在我國原野山間原本籍籍無名的野山楂，在中國偏遠的鄉鎮不僅受到政府保護，農民還把山楂果實製成山楂片、山楂糖、山楂糕，變為別具風味的土產，為國家賺取豐厚的外匯。

可憐我們的野山楂，今天依然與橡樹、油棕、可可對立，永遠是農民心中的芒刺，去之而後快的野生植物。

從眾人漠視的野山楂，不期然又使我鈎起另一種匍匐於橡樹行間的草椰。草椰實際上為草本植物，每一張葉片像一把蒲葵扇子，又大又闊，既厚且韌，生活在橡林裡的大人、兒童無人不曉樹蔭底下這種長像獨特的綠色植物。

在橡樹老化園坵不斷進行翻種之下，草椰已逐漸稀少。尤其橡樹改種油棕後，這類極需蔭涼掩護的草類，在很多園地已經蹤渺跡滅，難以尋找了。

　　深黃的草椰花從莖根伸出，好像椰子般每張葉腋長出一簇花，花柱分佈於葉莖周圍。每簇花謝後，不久就有幾粒頭大尾尖像花生米般大小的果實擠壓在花萼間，由乳白色薄膜包裹著的肉囊，晶瑩剔透，以手指輕輕一拔隨即脫離萼瓣，是告訴你草椰果實熟到可食用了。

　　草椰果實玲瓏別致，雖然嬌小到不起眼，實則風味獨特，口感比野山楂好多多。那種甜中帶甘，甘裡滲甜的奇異感受，吃後再喝杯清水，甘甜清爽的感覺更見顯凸，縈繞在咽喉間的飴香，令你回味了再回味！

　　活躍在橡林裡的果子狸，是草椰果實最大的食家，而它們四處留下的排泄中，摻雜像黑芝麻一般的粒狀物即是草椰的種籽，所以果子狸也幫助草椰撒播種籽。去年途經一個鄉區，在推樹翻種的橡林裡驚見草椰的蹤影，順手挖掘了幾株回來種在花盆中，如今已經花果並茂了。

　　草椰是野生植物中難見的可食野果，也是令我的童年平添色彩、增加回味的野果。再也找不出任何野果具有那樣芬芳的滋味。

2005年8月10日中國報副刊

2011年2修定

橡樹林裡逐漸消失的植物（林文慶攝）

割一桶膠給媽媽

我八歲那年，就割到了第一桶膠液。

八歲不去上學而走進橡林裡勞作，備受蚊蚋叮螫，不是只有我，而是那個年代所有鄉下孩童極普通的悲涼。路途遙遠，交通困難，成為上學主要的障礙。我報讀了兩次，都無法踏入小學校門，就是這個原因。試想一個村童，孤零零在彎曲迂迴的膠林小徑上翻山越嶺，跋涉六、七里，有時風有時雨，父母如何安得下心！

那時我們從巴都古樓回到霹靂河畔，住在一間舊木屋，小小的一片樹膠園，園主是歲數同父親不相上下的大姐夫。大姐命途多舛，我們因家窮，母親生下二姐後，大姐就被送人做養女，不料長大後竟淪為他的二房。大姐就在大婆欺凌下屈辱生活了二十多年。

不明是否因為韓戰，大姐夫全家突然買船票，要回祖家，將那幢舊木屋和膠園一併交給我們暫時照顧。有了一幢避風雨的木屋，但小片膠園不足養活我們一家六口，於是父母多找一個膠園承包解困。

這時期全家出門割膠，留我在家照顧妹妹。有一天家人去割承包那片膠園，我和妹妹在橡林樹蔭下撿橡籽。忽然，我突發奇想，與其這樣無事閒蕩，不如割一桶膠給媽媽，不只會令她高

興，尚可增加一點收入呢！

　　抓緊意念，我急忙跑回家裡，找來一把膠刀和裝膠絲的小桶，帶著妹妹，沿著一行行的橡樹逐棵逐棵割。我割到那裡，妹妹就跟到那裡。那時妹妹已三歲，懂得蹦蹦跳跳到處遊戲了。平時在橡林裡她是我唯一的玩件呢！

　　過去由於妹妹小，由二姐照顧，我成為母親割膠的副手，主要是抹膠杯和收膠液。藉割完膠樹的空檔，母親不忘讓我學習割膠，開始是教我握膠刀的姿勢，告訴我眼睛與膠刀的距離，拉刀要與腳步互相配合，等等。平時不曾留神，到親自拿起膠刀才體悟，割樹原來不只是雙手握刀而已，還要順序不停推拉，最重要是控制刀口的走向，樹皮要薄，深淺適宜，這與膠液流量多寡有直接關連。還有，割樹是向後退的操作，所以眼睛要亮，腳步要穩。所以，割樹膠實際上是一項技能訓練。

　　這樣捱苦的日子足足有兩三年時間，漸漸地我從母親手上揣摩到割膠的竅門。這是第一次我獨自拿著膠刀，割起膠樹，除了有種新鮮感，也彷彿覺得自己成長了。膠刀過處，發出「切切切」節湊明快的聲音，薄如銀幣的樹皮紛紛從刀口彈落。眼睛看著乳汁一般的膠液沿著割口滴進膠杯裡，幼齡的我有激動也有喜悅。

　　那天，我帶著妹妹，一手握膠刀一手擰小桶，沿著橡膠行列割完一棵又一棵，馬不停蹄地走動了幾小時，毫不感覺到勞累；回首看到那些掛於樹上的杯子，累積的膠液漸漸增加，我就更加精神充沛，於是放快腳步割完一棵又一棵。

　　我知道以我的割膠速度，一個人無法把五英畝園地的膠樹割完，到了餓腸轆轆的時候，我仰望天空，太陽接近正中，陽光熬熱是割膠收刀的時刻了。於是我和妹妹回家吃午餐，然後再提桶收集膠液。收膠液比割膠快得多，把杯子的乳汁往小桶傾倒，順勢用膠刮一掃，把膠杯存積的膠乳刮下，兩下功夫，就可以收集另一棵樹的膠乳了。辛苦奔走幾小時的割樹工作，收膠只耗費不到半小時。

　　我看看手中膠桶，雖只有八分滿，但提起來也沉甸甸的。長時間付出心力，勞累耕耘後就是收穫的喜悅。我在沒有人催促之下自動拿起膠刀，竟然割到一桶膠，這不僅是生活疆場的磨練，更是一項勝利。我心中不禁欣喜。

　　到了下午一時許，當母親和堂哥挑膠液回來膠房時，我割的一桶膠早放在膠房裡了。母親看著我，說：「帶著妹妹能夠割到一桶膠，真有點本事啊！」

　　割到第一桶膠，我才八歲。

2005年8月7日中國報副刊

2011年2月修定

賣樹膠那天

　　每月賣樹膠的日子，都給我們家庭帶來喜悅。所以，小小的年紀，我便懂得勞作揮汗的滋味，也同時分享到付出的成果。那些每天從橡樹流出的膠乳，挑回膠房加入蟻酸凝結，踩薄較成膠片，掉在竹竿上曬乾，才能出售。

　　那些膠片和膠絲，滲有我的汗滴，所以賣樹膠不僅僅大人抒懷展眉，也令我萬分雀躍，賣樹膠變為我童夢裡美麗的憧憬，彷彿是每月念念不忘的節日。有時看見母親把曬乾的膠片收回家，晾在廳堂側旁的竹竿上（膠片曬乾也不能重疊，怕發霉），我就纏著問：「媽媽，什麼時候賣膠呀？」媽媽回答總是千篇一律──急什麼，竹竿子還沒掛滿哪！

　　真的母親很難給我正確的答案。

　　其實我也懂得，割樹膠經常遭受風雨影響，晚來一陣雨，翌日就可能在家望門興嘆了。那幾排懸空的竹竿何日貼滿膠片，決定於天氣的陰晴；天老爺一發怒，連續幾場疏風驟雨，竹竿子只好閒著。無論如何，通常在一個月內，總得賣膠一次，我們全家須靠賣膠片過日子，園主也要我們交園租。

　　一個月累積的膠片，少說也超過三百片，加上裝滿幾麻袋的膠絲膠丸，運輸到小城出售是一項沉重的負荷，不只因為離城遠，更重要是沒有真正的公路通往小城，靠腳踏車在曲折蜿蜒的

橡林小徑運載膠片，恐怕一整天也載不完。幸而有條泱泱蕩蕩的霹靂河，解決了兩岸樹膠與土產的輸出難題。

割膠製膠片工作繁複，賣膠片同樣不簡單，全家裡裡外外都分擔責任。我們家裡，母親雖是領航，然粗重活總得靠男子，父親年邁，我未成年，幸虧堂哥年輕力壯，賣膠片當天大清早，堂哥去沼澤叢砍觀音竹，削成竹篾，把晾在竹竿上的膠片取下，對摺成四方形。

這些繁瑣事兒，幾乎是整個月的膠片和膠絲的句號，我自然幫不上什麼忙，只站在一旁觀看堂哥手腳並用，似在演繹某種技藝。他首先把觀音竹破成竹篾，把竹篾交叉平放在地面，將膠片整齊地一層一層疊上去，到兩尺高自成一捆就一邊腳踩上去，把觀音竹篾使勁拉緊，作「田」字形紮穩。觀音竹篾堅韌不能縛綁，我注意堂哥以極熟練的手法於竹篾交叉處旋轉成一個結，將竹篾尾端塞進膠片中，便大功告成了。膠片紮成一捆一捆，大人體力可以搬動，同時輸送時拋上拋下都不致鬆散。

沒有通向城市的公路，這些粗重的膠片和膠絲，當然全由水路輸送了。這也是甘榜與膠園鄉民建居河岸的緣因。我們的木板屋離河約只半里路，走出家門便是斜坡，只費十五分鐘腳力就面對曰夜奔流的霹靂河了。

膠片綁成捆，膠絲膠丸裝在麻袋裡，接下來便是運往河岸去等汽船。這又是另一樁沉重的工程，父親的老爺腳踏車這一刻就派上場。父親患上眼疾後，這架腳踏車平日就被冷落在屋角蒙塵，瞄也沒人瞄它一眼，包括父親本身。只有在賣膠這一天，父親會在腳踏車的牙鏈間滴點油，勉強給老爺腳踏車一點服務。踏

腳車，那時家庭中就只父親有這本事，但腳踏車後架上載著沉沉的膠片，年老體衰的父親怎能踩踏？他只有兩手按緊腳踏車扶手，由堂哥攙扶後架，慢慢地推著走。每次賣樹膠，父親和堂哥總得推著腳踏車來回好幾趟，運載膠片到渡頭才完成交差。那時刻，他倆早已汗滴如雨了。

　　我是家中唯一的男孩，自然得寵，跟母親一起進城賣樹膠，幾乎成了我每月最大的期待。當大家仍在搬搬運運時，我就換好衣服在渡頭上等汽船。說到渡頭，其實沒有半點設施，不過把河邊的斜坡地鋤成泥級，方便上下汽船而已。航行霹靂河的汽船有好幾艘，都是早晨八、九點溯流而上。航行中舵手眼矚四方，見到渡頭有貨，自動煞掣靠岸，讓乘客和貨物上船。

　　居住霹靂河岸那些日子，跟母親乘汽船進城給我的童年平添無限色彩。在乘風破浪中兩岸風光目不暇給，入城又可享受各種美食，簡直如同新年一般堪值我追迴！

2005年8月24日中國報副刊

2011年2月修定

時光回轉的那條河

有一條河，伴我成長。

從高空鳥瞰，那條河像翡翠帶一般，從霹靂州北方的群山峻嶺中擊石現形，聲勢一路不停壯大，奔流穿越許多城鎮，還有鄉村，由安順蕩蕩然匯入海峽，與汪洋大海渾成一體。

若以河為界，我出生於河的左岸，一個名叫沙容（Sayong）的小鄉村，卻在右岸的橡林裡成長。當年沙容寂寂無聞，今天則發展為生產陶瓷器著稱之地。我們雖經多次遷徙，但我幼年、童年和少年的足印，一直重疊在河的右岸。飄蕩的流逝歲月，我們總離不開那條水聲泱泱的大河，離不開丘陵起伏的橡樹林，也總在貧困的日子裡浮沉。

時光就像河水一般流去，唯兒時的記憶仍鮮明如昨日。曾經被我歌頌、被我呼喚、被我嚮往過的那條河；曾經讓我濯足、讓我滌蕩、讓我垂釣過的那條河，如今依舊容顏未改地繼續它的行程，堅持它的流向！

童年時有過幻想，做個畫家，藉彩筆將它的萬種風情繪成畫卷，作永恆的珍藏。幻想雖然沒有實現，但它兩岸的叢叢翠竹、幢幢茅舍、彎彎波紋，以及多彩旖旎的倒影，卻深深地烙印在我的心坎裡。一翻開那記憶的畫卷，我的思緒就恣意旅行、流動，讓時光回轉，我可以重溫一段有關河流的舊夢……。

　　曾經好幾年我們在動蕩中捱日子，每月總有一兩回與母親一同乘船，溯流而上進城賣樹膠，汽船將近一小時的衝浪，我游目四顧河岸如詩似畫的景色，給我的童年抹上一層七色彩虹，在我早年的悲涼融入一絲甜意。

　　放踵半日悠遊小城，看街頭江湖賣藝，聽銅鑼急鼓，嚐冰霜紅豆，遂成為我童年每月的期待和憧憬，也是村童孤寂裡僅有的一帖生活調適劑！依稀記得，那時候有多艘汽船川行大河，每天清早為生活在河岸的鄉民提供服務。船伕也就是船主，一路航行一路逡巡，看到渡口有人影幌動，自然放緩速度將船靠岸，讓乘客與貨物上船，然後又轉動引擎油門札札札地開動。

　　汽船建造得十分簡單，船身材料為厚木板，約有6咪長，鋅板的篷蓋堪以防風掩雨，客座是幾排木凳，中央為擺置膠片、膠絲和土產的貨艙；果實飄香的季節裡，榴槤、山竹、紅毛丹也和乘客排排坐，一起去旅遊，尋找新天地。

　　汽船的引擎安裝於船尾，汽船疾馳時音噪嘈雜刺耳，我總喜歡挑坐前頭，一來避開聲浪，二來可以清楚看船頭撞出系列銀色的浪花。只有一艘雙層的大汽船舵手站在頂層前艙掌舵，那是阿芝伯的汽船，威冠全河，令人矚目。

　　遇到雨季河水暴漲，一泓怒吼的濁流滾滾奔瀉，淹沒兩岸，有時還衝擊沿河而建的馬來高腳樓。那陣子汽船被迫停航，直接影響船伕的生計。

　　幸而汽船停航的日子不長，雨季很快就過去，旱季到了，如果苦旱數月不雨，河水就瘦成一條彩帶，窈窈窕窕，河水清澈見底，往往轉彎的河道一邊裸出潔白的沙灘，另一邊形成水潭。這

時候汽船航行，必須循著河水的流勢左拐右轉。有些渡頭水淺汽船不能靠岸，乘客得越過淺灘去搭船。

　　我們全家都是旱鴨子，父母親向來禁止我們姐弟到大河游泳。記得有一年大旱，我們用水的小河乾涸了，父母親不得已讓姐姐和我到大河沖涼，那真是心靈禁固的大解放，原來無比壯闊、無比洶湧的奔流，卻因天晴無雨彷彿沉痾的病人在虛弱喘息，虛弱得帶點蒼涼，我們可以赤足涉水直抵對岸。

　　大熱天全身浸在碧流裡，久久不願起來。那種沁人心脾的透涼舒暢，令我沉迷，更令我震蕩。

　　別了故鄉，還有河岸上的橡樹林。時間回轉的那條河，今天依然不時在我的夢裡低迴。

2005年8月31日中國報副刊

2011年2月抄修定

2011/04/24

霹靂河看似沉靜，雨季卻泛濫成災。（林文慶攝）

哈芝伯的果樹

　　果樹形成我的人生風景。從漫長的生活旅途上，那些溫馨和香甜，不只小松鼠與猴子知道，嗅覺遲鈍的我，也感覺出在什麼季節有什麼果實結在哪一種果樹上。如果要用文字複製我與果樹的情緣，從童年相遇延續到如今這段長路，足以拼湊成一本馨香的書。

　　非常可惜，這些記憶深沉的果樹，或者果園，曾經和我足跡糾纏過的，沒有一片屬於我的，甚至，沒有一棵果樹願意給我刻上名字。無論我如何賣力去灌溉，去經營，用我全副精神去與果樹握手、親近，它們依然和我保持距離。因為土地不是屬於我的。

　　就從童年開始。那時我家在河岸，流水浩蕩的霹靂河讓膠樹和果樹蔥蘢地生長。畢竟，橡樹是國家的經濟支柱，漫山遍野，霸氣沖天；各種果樹只好躲在馬來鄉村裡，高腳板樓的前前後後，委屈地舉起深綠的手勢，似在抗議人間有多不平。幸而土壤是平等的，風雨也是不分膚色，讓果樹從歲月中站起，同時更不負使命，成年後隨季節吐花結實，讓主人高興，也讓鄰近橡林裡的孩童雀躍，蜂擁前來。

　　逐想起哈芝伯，他住在甘榜新江（Singkang），距離我們的橡林不算最近，卻培養著最多的果樹，榴槤、山竹、紅毛丹、冷

剎、杜貢、紅毛榴槤……，每一種都牽動我們貪婪的童心，叫我
們沿河岸走幾公里山徑去採摘，去品嘗枝條上掛滿的香甜。每當
果實撒播成熟的訊息，我們招集了左鄰右舍的友伴，三五一群，
隨著小松鼠出現在哈芝伯的果樹下。

　　當時年紀小，不懂「哈芝」是什麼意思，以為馬來阿伯叫哈
芝。只覺得他有點與眾不同，頭頂上每次總戴著白帽子，好像
從不摘下。而甘榜裡的馬來男子，所戴的一律是黑色宋谷帽。
這點當時我心裡很訝異，但從來不敢問。哈芝伯看來該是六十
有出了，身體還蠻健壯，一邊腳有點跛，走路一拐一拐，卻非
常勤勉好客，見到我們這群家境窮無寸土的小猢猻，總是溫柔
一笑。

　　哈芝伯有一枝獵槍，這也是甘榜裡稀見的。有一回我看見他
用槍追趕果樹上的猴子，砰砰砰連發好幾響，卻沒有命中猴子，
後來聽他說：「嚇跑算了，嚇跑算了！」我想不是哈芝伯槍法
差，他是慈悲，不想傷害動物。

　　除了頭頂的白帽子，哈芝伯的高腳樓和汽船也與眾不同。
我途經幾個甘榜，高腳板樓全是「亞答」蓋頂的單層建築。哈芝
伯的高腳樓不只佔地廣，而且分上下兩層，屋頂用鋅板搭成，的
確超群出眾。另外是他航行霹靂河的汽船，不但船身比別人的船
闊，也是唯一有雙層客艙的汽船。四、五十年代霹靂河兩岸沒有
公路，村民進出王城江沙靠船運，尤其橡膠與香蕉、木薯、水果
等土產，水運是唯一的輸送管道。哈芝伯雖然年超半百，但他的
雙層汽船操作別無旁貸，由他親自掌舵。媽媽出城賣膠片，我們
曾經坐過哈芝伯的汽船，他站在二層艙上目睹前方，在引擎札札

聲中把舵，神情淡定，雙層的大汽船在哈芝伯的指揮下乘風破浪，逆流而上。我和媽媽坐在船上，看著哈芝伯風中的背影，發現他一點都不老！

我喜歡乘坐哈芝伯的汽船，因為爬上二層艙宛如更上一層樓，可以游目四顧，乘心快意觀賞兩岸的甘榜風光，那些和翠竹綠樹，還有沿河渡頭上馬來村童表演的泅泳。可惜，甘榜新江離開我們的橡林和住家較遠，他的大汽船行駛也較緩慢，經常被風馳式的輕快汽船領頭，待到哈芝伯的大汽船「撲撲撲」來到時，我們已經在小城上岸了。所以，我很少有機會乘坐哈芝伯的汽船。對這，真的感到遺憾！

六十年代以前，霹靂河的汽船曾經有過一段頗長的盛榮日子，每天沿河道與王城江沙之間穿梭，載客與載土產。汽船都是早晨出發，逆流而上，下午一兩點就順流回航了。因此，每回當我們這班小獼猻上門找果實，總見到哈芝伯的大汽船雄姿英挺地停泊在河邊，靜默地、安祥地似在蹈神養晦，以待繼續翌日的航程。

所以，對那艘汽船，我們壓根兒不感陌生；而哈芝伯的慈祥和藹，就像是一位我們敬愛的長者。年紀幼小的我們，除去語言上的差別，心理上沒有所謂的異族趨分，父母親也從未擔心過我們走進馬來甘榜會失蹤。大家都過著和平安寧的日子，不分彼此。每年當果樹飄香的季節，當我告訴母親找新江哈芝伯，母親會意，隨手把一塊錢塞在我掌心，然後就交待那句話：「要給錢，不可白拿！」

「Adek，Mari Mari」[4]，哈芝伯見到我們，一面招手一面從樓底拿出竹籃，叫我們自己去爬樹，山竹、紅毛丹、冷剎，任隨心意採摘。他總不忘告訴我們，先吃飽飽然後才帶回家。其實，饞嘴的我們那裡需要交待，爬到樹上採到果實首先往嘴巴送，直到打嗝連連，才將果實放進籃子裡。

除了榴槤熟了自然掉下，每種果實所要爬樹採摘的。居城的孩童沒有機會爬樹，多數父母親也不允許孩子攀高，充滿野性的鄉下孩童，男女一律視爬樹為尋找刺激的樂趣，何況是採摘果子，更是樂不可支，等於是一種至高的享受呢！

哈芝伯在每個竹籃手柄間繫著一根繩索，我們爬樹前把繩索綑在腰部，攀到最多果實成熟的枝椏，坐穩，把竹籃子吊上來縛在伸手可及的地方，然後即開始採果了。紅毛丹和山竹都生長在枝尾葉端，採摘比較不易，手掌要伸展才可摘到；冷剎果長在樹幹和粗枝間，易採，但冷剎樹枝條直舉，想找個地方舒適坐穩採果頗費周章，卻都難不倒身手敏捷的我們。

竹籃子放滿了果實，吊下來，接著才一步一步滑下果樹，把果子倒入帶來的麵粉袋。我們最常買的是冷剎，因為冷剎果小輕便，拿著走路可以多攜帶一些；至於山竹和紅毛丹，在樹上就吃夠了，很少帶回去。哈芝伯對我們袋子裡的果子，從不用稱秤，就只隨便瞄一眼，收取幾毛錢；有時還從樓底搬出幾個榴槤，讓沒有任何果樹的我們享用。

居住河岸橡林的日子，每年果實成熟季節我就想起甘榜新江

---

[4]　Adek Mari,Mari，為馬來語，意即「小弟弟，快來，快來！」

那些果樹，從那些果樹想到哈芝伯，還有那幢兩層的板樓，雙層的汽船。那段是我童年最愜意的時光，想不到一九五一年我們遭遇前所未有的苦難，英殖民地政府實施緊急法令，所有華人被迫遷徙，離開河岸離開橡林，搬進四周鐵蒺藜圍繞的新村。

　　住進了出入限時與搜身的牢籠，拉長了我們與甘榜間累積的情感，哈芝伯和他那些每年結實纍纍的果樹，也只能從童年的記憶裡去尋覓了。

2011年1月16日星洲日報〈文藝春秋〉版

回到擺渡的年代

　　有天回到故鄉小城，想起了霹靂河肉嫩鮮美的河鯉，想去
碰碰運氣，就往河邊街尋找。汽車尚未煞煞，眼睛首先吃驚，以
為找錯地方；環顧四周，才安下心頭。原來昔日一片爛泥的河
邊，已美化為休閒公園，幾條道磚砌成的朱砂色道路，沿著河
岸建造；路旁露出一片綠草坡，被棕櫚和花樹綴成誘人眼目的
風景。

　　再往前幾步，景觀又在變動，玲瓏別致的現代化亭樹向河面
展示姿彩，看清楚方知是渡船泊岸的碼頭，配上引擎的汽艇啪啪
啪地在霹靂河兩岸來回穿梭，輕快利便，須臾之間已奔騰了好
幾趟。

　　看著看著，我記憶的心窗回到擺渡的年代。

　　水陸交通兩不便的五十年代，對岸甘榜村民來回小城江沙，
是依靠擺渡的舢舨[5]，舢舨極少用槳，而以十餘尺長的撐篙左一
撐、右一撐，使舢舨在急流中橫渡，與現在使用引擎衝勁十足的
汽艇相比，時速上實在難成比例。

　　隨著沿河兩岸的交通不斷改善，曾經在我童年夢裡一再展現

---

[5]　舢舨，即馬來語Sampan，用槳划的小舟。

彩姿的木板汽船，成了新道路的犧牲品，被煙滅在歷史的長河裡了。而此刻我佇立河畔，面對系列風景的物換星移，思維在時間的傷痛與新時代拓變的展望之間輾轉，朦朧間進入了另一段時間圖景……

童年裡的河畔，曾經是河下游鄉民入城登岸的踏板，應該算是碼頭吧，卻蕩蕩地一無所有；除了爛泥，除了沙灘。幸虧霹靂河與江沙河融匯形成的三角洲，尚有一灘銀沙，斜斜地作弧狀伸延，河灘與河水的邊緣就成為渡客的天然登陸踏板。雖然需脫鞋涉水，卻也別無選擇矣。

小時候雙親在霹靂河岸的橡林裡生活，每月賣膠的日子母親總是帶著我乘汽船進城。記得，我喜歡站在三角洲的沙灘上，觀看對岸樹叢下渡頭栓著的舢舨，甲板上的舵手總是手握撐篙，蓄意待發。那年代，撐篙與舢舨，是城鄉兩岸人民維繫感情唯一的橋樑。到現在我仍不清楚撐篙與木樂在河流中的功能，有何差異，猜想是河水湍急吧，舢舨選擇了撐篙。

只要幾個乘客登上舢舨，站立船尾的船伕將手中的長撐篙向邊岸一插，那是最受力的一篙，只見舢舨往河面勁衝，接下來的撐篙律動彷彿機械化了，都是往河裡一左一右，一撐一抽，舢舨緩緩割水橫渡，遇到河水深處，撐篙莫及，這情況舢舨就往下游移動，藝高膽大的船伕，不慌不忙，隨即把撐篙當樂用，左一潑右一潑，待舢舨穩定了就坐下來用木樂，一樂一樂划向小城邊岸。

船伕手裡一杆撐篙，在烈日當空下斗笠也不戴，就一篙一篙地努力撐著，那情景跟我們在橡林裡奔波揮汗，一刀一刀地割樹

膠，都同樣屬於勞力的付出啊！兩相比較，撐船似乎更加更吃力辛苦呢！

　　看著河中舢舨橫渡的畫面，我幼小的心靈在沉思默想，不禁引起一股慷慨與悸動。

　　到了接近晌午，河邊又是另番風景。下游的汽船一艘接一艘在沙灘上拋錨停泊，橡膠和土產收購商闐擁而上，一捆捆的膠片，一袋袋的膠絲，遇到水果飄香的季節，更有榴槤、山竹、紅毛丹、冷剎等果實等待買家，齊集沙灘上討價還價，引起洶湧的人潮，一片喧囂的熱鬧景象。

　　買賣樹膠的事由母親進行，而我則於眾人喧嘩裡悄悄走下汽船，越過弧形的淺灘，到河岸馬路邊觀看人潮，對於一個長期受困在綠野間的鄉童，城鎮的熱鬧氣氛和一景一物都具有莫大的誘惑力。最近河的那條街叫拿督街（Jalan Datuk），因靠河人們通稱河邊街，既短又古老，據說是小城最早開埠的據點。

　　河邊街雖短，但當年卻是繁盛異常，單獨樹膠店和金店就有好幾間。樹膠店一多起來，生意自然競爭，所以汽船尚未拋錨，樹膠商早就列隊靜候，喚出價碼，汽船一停，他們忙不迭地涉水跳上船，簡直是在爭奪，將成交的膠片和商品劃上記號，自動代我們扛上河岸，然後用三輪車推到店裡。凡遇賣膠日，我們一家上下忙碌整個早晨，膠片到了樹膠店，母親精神鬆弛了，雖然她文墨欠通，卻懂得叫商店列出單據。

　　收了錢，母親牽著我，以輕鬆的腳步走出河邊那條街，江沙街門牌七號那間雜貨店在街頭那端迎接我們。

　　這時候，最令我難忘的，不是河流蕩漾的歌聲，而是母親臉上泛起的笑容，只有在那一瞬最燦爛！

2005年9月7日中國報副刊

2011年2月杪修定

大街門牌7號廣榮豐

　　華人離鄉背井，依然重視鄉親鄉情。那爿母親壯年時代進出的雜貨店，也曾經伴我走過童、少年，直到離校告別小城，才掛斷了那份情。

　　一個鄉下孩童來到鄉鎮，不僅對水泥建築、車聲人影感到新奇，甚至在坦蕩蕩的馬路上行走，也深覺毫無顧忌而逍遙自在，比荒野僻徑來得暢快。

　　鄉下聚落不同鄉村，鄉村屋舍三五家比鄰，算少了。我的鄉下是膠樹稠密的丘陵地，四野寂寂，只有伶仃的一幢板屋，在孤立中訴說蒼涼。極目眺望，也難見一家芳鄰。

　　蟄居在這樣的環境，能有機緣接觸到熱鬧的城鎮，消磨盡日，那真是山芭孩童生活上的調潤劑呵！

　　算很幸運，每逢進城賣樹膠，母親總把我帶在身邊，讓我可以乘船遊河，可以蹓躂街頭，可以尋找美食，甚至有機會擠入人群中看江湖藝人的雜技演出。經過一番尋尋覓覓，開闊了視野，發現城鎮的世界原來也另有天地。

　　那時候小城沒有幾條街，河邊老街店鋪陳舊剝落，只有四排商店；緊接下來是江沙大街，有伸延長達整里路的氣勢。河邊街與大街銜接點為交通島，東南西北四線公路的匯聚點，傲然聳立的大鐘樓站在中間，為小城獨領風騷的地標。

　　每次母親賣了膠片，牽著我匆匆走出河邊街，馬不停蹄跨越大鐘樓到大街購買米糧。最初我因人地生疏，年幼膽怯，總是跟進跟出，不敢離開母親半步。走過的次數多了，摸熟方向膽子逐漸壯起來，但我的活動空間仍停留於大街一段路，以及街頭的一片空地，那裡可以吃到紅豆冰和湯麵。

　　說來這個範圍也極狹小的，但不用越過馬路，母親很放心。

　　大街那間雜貨店，從鐘樓這頭算過去，排列第七，店號叫廣榮豐，母親在那兒為我們全家準備一個月的糧食，米油鹽糖醬料，菜脯梅菜榨菜，鹹蛋鹹魚江魚仔花生米，罐頭鯪魚沙丁魚，還有風痧丸、頭痛散、萬靈丹、驅風油、犀角水，著名的瘡傷藥693，都是僻居鄉下的必備品。

　　印象中，廣榮豐人緣廣，經常生意滔滔，母親雙腳一踏進去就是幾個小時，我也擠擁在人群中幾個小時，當然會感到很悶。貨物買齊了，點算結賬，店主便僱用三輪車將貨載往渡頭，店員把大包小包悉數送上汽船。

　　現在的白米，每包不過10—20公斤，一個婦女也提得起。那時候裝米用大麻袋，每包至少也上100斤，壯漢使盡吃奶之力才扛得動。母親人矮體弱，購物有雜貨店員搬運，我們自然感覺輕鬆得多。有時我還乘免費三輪車到渡頭呢！

　　大街門牌7號廣榮豐，從童年我就牢記在心裡。它不只是母親採購糧食的倉庫，也是母親每月賣膠片錢財周轉的「銀行」。那時候，商業銀行還不普遍，小城沒有銀行掛牌，母親把賣膠賺取的收入還賬後，剩餘就儲蓄在店裡，店主把進支記錄在一本小薄子，遇到雨水頻繁的雨季，膠產欠收，或者有時膠價低靡，廣

榮豐的存款就成為母親購物的保單。

　　我最記得，韓戰時期膠價飆升，母親、堂哥承包了幾片小膠園，每天半夜挑燈出發，刻苦勤奮，我們在廣榮豐累積了一點成績，除伙食上稍作調整外，家中也添置了一些傢俱。

　　那是我童年感覺最風光的日子，僅有那麼一次，也似乎一閃而逝。戰爭結束後，膠價又回復了原貌。

　　母親支持的那間雜貨店長達十餘年，從我未上學至我高中畢業離鄉，母親仍然是大街門牌7號的忠誠顧客。高小起我開始愛上閱讀，學時尚喜歡交筆友，郵購書刊，還學習寫作投稿，交流的書信除了本地，遠自香港、印尼、新加坡都有，我家鄉下偏僻沒有郵訊，我的通訊處一律是「大街門牌7號廣榮豐轉交」。這個通信地址用到我畢業後離鄉背井，才隔絕了這段漫長的情感淵源。

　　所以，大街門牌7號那片店，不僅是我家長期的糧食供應商，它同時也是我的郵件署，一個鄉下孩童和外界交流知識的轉輸站。而對面那條街有間「亞超洋服店」，隔條馬路與廣榮豐相望，我高中時也時常在那兒進出，不是做衣褲，而是與同窗談文論藝。這位品學兼優、像貌俏麗的文藝青年，就是後來寫詩著名的淡瑩。

　　母親是一個篤實的鄉下婦女，重情曉義，十多年進出廣榮豐，從不打聽別家商店的貨品行情。縱然知道價碼有異，我想，她也絕不會轉換碼頭的。

　　我入小學就讀時，店主的女兒和我同班，我才知道廣榮豐老闆姓謝，原來還是廣西容縣人，與我們是鄉俚。我這才恍然大

悟，母親為何要做門牌7號廣榮豐的永久顧客。

　　今天，雜貨店在百貨公司與霸級市場的競爭下，已經陷入夕陽殘照的窘境，但它在四、五十年代經濟落後的社會環境裡，曾經扮演過舉足輕重的積極角色。大街門牌7號的廣榮豐已遭潮流煙沒了，但我一直沒有遺忘它在母親和我之間建立的那份情感。

2005年9月4日中國報副刊

街頭賣藝人

　　「鏘鏘鏘……鏘鏘鏘……。」銅鑼聲像有一股磁力,把人們的腳步吸引過去,大家自動圍成一個大圈圈,等待一場精彩的表演。

　　這是小城的街頭,原本一片靜寂,我從鄉下橡樹密麻的綠野出來,就渴望聽見晴天裡街頭傳來的銅鑼聲,連綿緊密地敲擊眾人的耳膜,給平時沉寂的空地帶來活力與生氣。

　　鏘鏘的銅鑼聲,喚醒我遠去的童年記憶。那記憶落在小城的街頭。五十年代,小城風景的魅力集中於那幢四方形的大鐘樓,它是那督河邊街與江沙大街的分界線,向東跨過一道橋,沿著霹靂河就是直奔蘇丹王宮的大路。

　　江沙河這邊有片寬闊的空地,有幾棵大樹蔽天蓋地,分別聳立在空地各角落,毫無秩序,不像是人工栽培的。我要說的那片空地,是我每次進城流連忘返的地方,也是江湖賣藝人敲鑼開檔的集散地,鏘鏘的銅鑼聲就從那兒響起、傳開、蕩漾,人們自然而然地向著那聲響走去。

　　說是空地,是因為沒有任何建築物,其實未算完全空置,靠近街巷的旁邊就擺著兩個攤子,一檔是四輪推動的麵攤,有個遮

陽的帆布頂蓋；另一檔是老婦女賣瀨粉[6]，簡陋得很，一邊一個吊籃，一籃裝瀨粉一籃放炭爐，以挑擔子方式經營。

我喜歡叫一碗瀨粉，坐在小凳子上靜靜地吃。老婦女一面慈祥，有幾次她問我，怎麼我沒去上學，我不知如何回答，只微笑。後來母親告訴我，賣瀨粉老婦女是寡婦，靠小生意維持生活，還供兒子進學校讀書。

那空地另有三檔冰水攤，都是沿著大馬路直擺，與馬路隔著一排鐵欄杆。我吃完瀨粉再走幾步，就去泡一碗又甜又冷的紅豆霜，這成為我每次進城的慣例。母親從樹膠店出來，總會給我一大元鈔，足夠我在空地周遭吃喝有餘。一碗麵不過兩毛錢，紅豆霜一毫半，我尚有餘剩呢！

而江湖賣藝人，也是選擇那片空地擺攤，先是敲響鏘鏘的銅鑼，當眾人圍成圈子，便開始大展身手。孩童最佔優勢，可以穿過人牆鑽到最前面，無論男女老少都自動挪出空間讓位。每當我聽到銅鑼聲，立刻三步併成兩步，雙手撥開人群，佔據最好的位置，等待開場。

江湖藝人多為家庭式的，有的是夫婦檔，有些還帶著子女，出場慣例個個身著白色短袖衣，黑色長褲，腰繫絲帶，全武裝打扮，威武凜凜。這邊猶在佈署陣勢，那邊銅鑼已經震天響地，急如雷雨，鏘鏘聲穿過幾條大街小巷。

說陣勢，其實是亮出紅櫻槍、刀劍、長棍、三節棍之類，都安插在木製的兵器架上，讓觀眾一目了然。當然，最重要是把那

---

[6]　瀨粉大小有如叻沙麵，較柔韌。

些瘡傷還魂丹、跌打藥丸、驚風褪熱散等,亮在地下,這才是賣
藝人走江湖的正題。

　　待圍攏的觀眾漸漸多起來,場中的主角一揚手,銅鑼聲戛然
而止。說話的開場白不離這幾句:「各位兄弟朋友,今日小弟初
臨貴境,唔是推銷勿哋藥丹,只嗨想同大家交個朋友……。」

　　接下來就是每說一兩句話,同伴就敲三兩下銅鑼。

　　我因為年紀小,瘡傷靈藥全不在意,我最期待的是武術表
演,拳術、單棍我也覺得不過癮,我喜歡看刀槍對打、劍棍對決
的雙人打斗,有類似電影武俠片的精彩片段,從觀眾響亮的掌
聲,也知道演出極受歡迎!

　　另有一個經常出現的獨行江湖客,賣紅花油和驅風油,斯斯
文文,擺好藥物就坐在一張矮凳子,一手拿扇子搖呀搖,既不敲
鑼也不表演功夫,只是開講江湖奇聞異事,本來這樣的江湖客很
難吸引小孩子,但是他面前地上鋪一塊白布,講一陣子故事就推
銷藥物,為怕群眾走開,把白布變魔術留到最後。空空的白布裡
會拿出雞蛋,有時則飛出一隻鴿子。我還記得江湖客的名字,自
稱叫新少良。

　　不過,給我最深刻記憶的,卻是賣刀傷油的那個賣藝人,他
表演雙刀絕技,介紹他的獨門藥油,為怕觀眾不相信,用銳利的
小刀在刀痕累累的大腿上抽割,割到鮮血簌簌還在觀眾面前繞個
大圈,讓大家看個清楚才在傷口上敷抹藥油,鮮血停止了,他又
再繞一圈,証明貨真價實。

　　那演出看得我心驚膽顫。這使我聯想起橡膠樹,每天遭受相

同的刀痕，涔涔隨刀鋒濺出的膠汁，與江湖賣藝人腿上尚下的血液，雖紅白有別，卻都是生命代價的付出呵！

　　小城昔日那片空地，如今已變水泥森林了，但曾經是市井小民的生活縮影，也曾經留下我童年斑斑的腳印。

2005年9月21日中國報副刊

母親打造的家園

　　我的父親年紀比母親大近三十歲，當我出世的時候，父親已經年過五十了。所以，當我稍懂世故人情時，我知道我們整個家庭都是由母親掌撐的。

　　我不清楚母親何時開始攬起這條重擔子，但母親離開原鄉遠嫁到我們家門，便一起與父親攜手打拼，胼手胝足，從拿鋤頭農耕到後來長期割樹膠，除了產期坐月，從未在家賦閒過。進入柴門，嫁雞隨雞，母親也從來沒有發出任何怨言。

　　有一項男人擔當的粗重工作，很多家庭婦女相信望而卻步的，就是建造房子──母親居然懂得造房子。這令小小年紀的我感到驚奇！不單驚奇，直到今天我依然對母親那份堅強的毅力產生無限敬佩。

　　樹膠小園坵，工人一切須自理，包括住宿。被迫遷居新村之前，華人膠工也像甘榜裡的馬來人一樣，貪圖方便，搭一幢簡陋的「亞答」屋住在膠林裡。

　　大姐夫回廣西原鄉不到兩年，又再重返馬來半島。我們只好歸還他那間木板屋，還有那片屬於他的膠園，另找棲歇地。小園坵找到了，就缺乏遮風避雨的居所。我們全家搬進別人遺棄的破茅屋，母親堂哥一面割膠，一面利用工作的空檔在膠林裡建造

房子。

膠園地勢丘陵起伏，母親看準了接近小溪的一片空地，清理灌木雜草，和堂哥一起大剌剌地揮動鋤頭挖泥土，一鋤一拋，把斜坡上的泥土往低處移，兩人鋤了幾天才將空地鋪平。那小片屋地，若是今天的重型剷泥機，幾小時就輕鬆完成了。

因為貧窮，不僅整地要靠勞力，建築木材也沒法向板廠購買。母親不識字，卻腦筋靈巧，懂得去膠林邊緣尋找野生雜木，每天下午和堂哥拿起刀斧去砍伐，一根根棟樑，一條條橼木，都是以刀斧用汗滴換取的。樹木砍下來削枝去椏，剝皮曬乾，才逐條扛去屋地。

每次姐姐和我給母親和堂哥送飯，都看見豆粒般大小的汗珠自母親額間簌簌滴落，年幼的我就不禁湧現陣陣愀心的酸楚和慟痛。那樣沉重的粗勞，不該是婦女承擔的啊！

木料準備好了，測量好樑柱的距離，就開始鑿洞把棟樑豎起，再交叉架起橫樑，房子的初步架構就形成了。接下來輪到不能節省的開銷了——到馬來甘榜去買蓋屋頂的「亞答」。那時候的鄉下房子，十居其九都是亞答屋。

蓋屋頂是件高難度的工作。姐組把亞答一片一片往上舉，母親和堂哥坐在十餘尺高的屋樑上，將五尺長的亞答接在手中，用藤篾綑在橼樑間，亞答要拉平、綑緊，每片距離均等，這要考眼力工夫；那時尼龍繩還沒出現，綑綁東西都用藤篾或麻索。

我站在木架底下默默觀看，母親把藤篾當線、鐵釘當針，藤篾一端綑在橫橼上，另一端繫緊鐵釘，鐵釘從亞答外面穿過，再由底下抽出來，一片亞答紮穩了，再貼上另一片，如此周而復

始。母親兩手並用，鐵釘不停穿進抽出，就像平日替我們姐弟縫織衣褲一般，手勢純熟而精練；母親編縫亞答，不就像為房屋編縫一襲大雨衣好讓我們躲避風雨嗎？

　　看著看著，我也大略領悟建築亞管房子的原理。為房屋編縫亞答，漸次由低而高，母親和堂哥的操作也隨之愈移愈高，當然危險性也跟著提高；當編縫到屋脊時，離地已經超逾二十尺了。看著看著，我的焦慮也在加劇，我不敢離開屋地半步，我的眼眸一直凝在高架上母親懸吊的身影，不敢抽離。足足有七天，母親和堂哥編縫亞答，我望著母親高高的身影也望足了七天。我在屋地除了偶而遞茶水，都清閒著，但感到身心疲累，但母親繼續工作，不吭不哼、不怨不懟，為打造家園默默付出勞力，和心思。

　　那片亞答茅屋，前後花了兩個多月，才堪遷入避風雨，成為我們的新家。這間僅靠刀斧和人力打造的新家，雖然結構簡陋，但在我們家族生命旅途中，卻是第一幢真正屬於自己的避風港，生活之舟在不受別人干擾下自由停泊。整間房子，除了兩張板床，其餘建設沒有一片是木板；屋頂用亞答，屋周圍也用亞答，間隔房間也是亞答，房門吊一片薄布帘。所以名符其實是一幢亞答屋。

　　那年代鄉下很平安，亞答屋的大門沒按門閂，晚間總是虛掩著，亞答窗只在風雨狂傲時才關閉。橡膠林方圓幾公里才有七、八戶人家，沿河則是疏疏落落的馬來甘榜，華巫雜居一路來平平安安，家家都日不鎖門，夜不掩戶，從未出現小偷劫匪那種事。

　　母親以一個目不識丁的弱質女流，靠一雙手維持我們一家大小生活，更為我們打造了一個新家，讓我們安居。我們的生活雖

然辛苦，卻三餐溫飽；居所雖然簡陋，卻全家免於餐風飲露。

　　我們在這幢亞答屋，一住三年。我跟著母親和姐姐，每天從茅屋出發，挑燈割樹膠，中午走好幾里山路上小學讀書，做一個半工讀的超齡生。

　　母親一生坎坷，好辛苦以血汗建立了一個安樂窩，卻遭一道無情的迫遷法令摧殘了，我們搬進鐵刺籬圍繞的新村，生活經歷一場從未有過的磨難。

2005年9月28日中國報副刊

2011年4月修定

來自城市的家庭

　　我們的亞答房子看去無比簡陋，實則室內比鋅板屋還清爽涼快，晚來風雨也沒有鋅板蓋頂那樣叮咚吵雜，擾人清夢。幾年來我們一直住得舒舒服服，出入平安。雖然每天摸黑割膠，但腳步踏出門口就是橡膠樹，免耗腳力與時間作長途跋涉，日子倒也平靜悠閒。

　　割膠必須早起，但下午兩點鐘就閒空了。雖然有時我要幫忙挑水，偶而也被母親叫去鋸樹拾柴，但依舊玩樂有時。那時我八、九歲了，一清閒就有孤獨感，經常想找玩伴取樂。我們的新家入住不久，前面也搭起一幢相同的亞答屋，我正高興有鄰居，不料搬來一對老夫少妻，沒有生養孩子，我要找年齡相仿的友伴，至少得走一兩里路，有幾戶人家孩子眾多，也是到了讀書年齡卻在橡林裡幫父母割膠，處境和我一樣。

　　出乎意料的，大約隔了年餘，竟有一個落難家庭搬過來，與我們同住。這家庭有一對男女，年齡雖然比我大好幾歲，卻給我的童年帶來短期的歡樂與哀愁。這家來自鬧市怡保的人家，會從老遠投靠家徒四壁的我們，的確匪夷所思。他們原本在怡保經營旅店，日子過得舒適悠遊，據說因為為父的嗜賭而欠下鉅款，債務高築以致走投無路，才想到奔逃窮鄉僻野來避難。

　　他們經營的旅店叫「來安」，頗有名氣，那時候家庭式經營

的旅店稱做「客棧」。我們這一帶的鄉民出入怡保辦事都投宿來安客機，很多人與他們都十分熟絡，至於他們緣何選擇又偏僻交通又靠水路的樹膠園「偏安」，卻非年幼的我所能理解的了。但是，鄰近共住著七、八戶膠工，好幾家擁有自己的膠園，家境顯然強過我們多多，這家落難家庭偏偏與我們掛鉤，就顯得非常不尋常了。

當時我不曾思索這些問題。後來年歲漸長，我開始領會，父母親都重視鄉情，這家來安客棧主人與我們同姓，在歸宗認祖這層意義上，父母無法回避這個包袱，雖然那點血緣關系若要追溯，也遙遠到千百年以前的事了。

父親生平有一件事值得我欽佩，就是累積盤川匯回原鄉，把堂哥和親叔叔先後接來南洋謀生，讓他們離開窮鄉簞峒沖，免受長期磨難。為了這些事，他進出來安客棧不知多少趟，匯款和住宿，全由客棧一手包攬。

我想，一份情誼，加上一份血緣關系，讓這家四口子寄宿我家是很自然的事了。

家裡驟然間多出四張口吃飯，三餐雖無問題，住宿就顯擁擠了。於是，暫由我們接待食用，在前面那家夫婦的家住宿，這樣燃眉之急變通舒解了。他們既已打算安頓下來，唯一生存之計只有學習割樹膠，向方圓數里的鄉民看齊。

他們走來避難，除了輕便的隨身衣物，可以說手無寸鐵。我們將舊膠刀、舊膠桶送給他們，讓他們每天吃飽了就向屋前屋後的老樹「開刀」。我們兩家就負責給他們父子傳藝，從握刀姿勢到樹皮消耗，控制割樹深淺，一邊講解一邊實習。好玩好動的我

也參與其事，舉刀切切地示範割樹，顯示這工作不難，只要堅持連小小年紀的我也刀藝純熟，以增強他們的學習信心。

只有父子學習割膠，因為初學的膠工只能割老膠園，老樹要爬五、六尺高的梯子。而他的太座，肥肥胖胖，從渡頭上岸都成問題，要人從後面推著走，自然無法割膠了。女兒驕生慣養，看見粗活就搖頭。幸虧母女只呆了一個月，就往返城市，聽說投靠親戚去了。

過了幾個星期，父子握膠刀的手勢穩定了，母親為他們找到一份老膠樹，堂哥又幫忙造了兩張梯子，父子倆便匆匆出征了。生活迫人，為了餬口，我想他們心中必有諸多無奈！過不久，我們又為他們父子建築一個窩寮，從我們的亞答屋角斜斜接出去，這樣既省人工又同時節去很多材料。自此他們炊宿自理，勉強算是自立更生。他們在我們的製膠棚製作膠片，利用我們的機器較薄膠片，母親沒有向他們索取費用。

每月，我們都同時出城賣樹膠，當然父親那輛老爺腳踏車運載膠片到兩里外的渡頭，也給他們提供方便。總之，父母親處處兼顧他們。乘汽船進城，他們是父子檔，我們則是母子檔，孤寂久了我樂得有伴同行。從他們來到那天開始，母親便要我稱為父的做叔叔，叫兒子的做哥哥。這位哥哥雖只十五、六歲，卻長得高大俊朗，而且讀過書見識比我廣，來到城裡他就成為我的領頭大哥，帶我去吃很多從前不曾嚐過的冷飲和小食。自此我才恍悟原來印度人賣的椰漿滲黑糖的「煎堆冰」味道勝過紅豆霜，入口真的又香又甜又冷，還含有淡淡的香草味，吃後齒頰留香，繞樑三日。還有一種也是印度人賣的紅冰水，裝在玻璃箱裡，浮著無

數像芝麻的小黑點，喝冰水時咀嚼幾下，有很清涼舒爽的感受。那一粒粒的小黑點，直到我學習種植才知道，原來是九層塔的種籽，如今九層塔仍普遍，種籽早已絕跡市場了。

從悠閒的客棧營業到爬梯子揮膠刀，捱苦自不必說了，還要半夜出門受蚊蚋叮咬，有時又遭遇風雨侵襲，生活的改變如此懸殊，對來自車聲轔轔的這個城市家庭，可真是一種重挫，也是極大的衝擊和考驗。要突破這個轉折的關口，需要勇氣和咬緊牙筋沉著應戰，給自己的人生重新定位。

跌倒了，能夠站起來，肯定可以走得更遠；但是，不是每個人都俱有這樣的堅持和毅力。這位曾經滿眼風光的叔叔握起膠刀，只熬了莫約半年，或許見到入息卑微，又難於適應偏僻的居住環境，最終竟以一根繩子作為人生的告別式。

他選擇那年的中元節，一個陰森森充滿鬼氣的節日，在人不知鬼不覺的時間裡離家。那日黃昏天色濛濛暗了，晚餐已準備好，四處都找不到他的影子，起初我們兩家出去尋覓，後來驚動遠近村民，有人拿火把有人擰電筒，翻山越嶺分頭搜索，幾小時後大家摸黑回來，氣呼呼地都交白卷。

下午我見阿爸手上拿著繩索，他說要去拾柴。兒子告訴眾人，帶著滿臉憂鬱，幾乎要哭泣了。七月是鬼節，冥冥中有不祥的預感。人命關天，大家的心情都很沉重，決定翌日全村休息，男人一早繼續尋找林叔叔，婦女小孩留在家裡，不可亂走。

第二天天剛亮，村民還沒有出發，即見到一個馬來膠工驚慌失措、臉色蒼白跑到村裡傳噩耗：他挑燈割樹膠，黑暗中頭頂撞到兩隻腳，仰頭一看竟是一具屍體吊在樹上。看衣著打扮是華

人，所以跑到華人村來報訊。

　　於是由驚魂未定的馬來膠工帶領，幾個年長的村民和他的兒子跟著去認屍，另一批人卻進城報警。這自殺事件，我們全家受牽連，父母親、堂哥多次被警方招去問話。好一段日子，村子濃罩在一團悲感的氣氛裡，對我而言，則是橡林在荒僻中多添了一份惶恐。雖然大人對孩童封鎖了上吊的地點，但從他們行動的蛛絲馬跡，我多少猜到事發的地點，距離那條步行入城的山徑不遠。

　　這成為後來我上學的一個夢魘。我就讀下午班，每天走六里路去學校，回程經過那段路時，心裡就泛起陣陣寒意，彷彿鬼魅就在鄰近的樹林裡。

2005年10月5日中國報副刊

2011年4月修定

最怕的差使

柴薪在鄉下，全是免費的。五十年代末搬新村前，住在膠林裡，滿山遍野的橡樹，倒樹斷枝俯拾即是，都是現成的，但得花氣力去砍、去鋸；搬運回來，就可以放進爐灶起火燒烤。

而鋸樹劈柴，竟成我童少年最怕的差使。因為母親每次就指定我幫忙。

那時我不過十歲。十歲就要拉扯四呎長的鋸板，實在說，很吃力的。現在的電動鏈鋸，幾個人合抱的盤根老樹，札札札幾分鐘就樹倒山蹦了。那個年代，鏈鋸連形像還未孵出，板鋸是斷木鋸樹的唯一利器。

今天長板鋸早成古董。如果沒有見過，就拿木匠的手拉板鋸放大加長便是了；長板鋸中間寬兩頭狹，有可塞進圓木做扶手的圓筒。鋸木時由兩人拉動，一來一去，一人抱的樹須窸索窸索推拉半句鐘，耗時又耗力。

原本枯枝可利用。橡樹隨歲月高長，枝枒新成代謝，自然掉落，是最易尋找的燃料；但是枯樹枝火勢易燃易滅，煮炒時不時要添加，尤其煮開水，很不適用。故母親寧可費點時間找狂風捲倒的橡樹，鋸了劈成條狀，用作烹煮。這些倒樹，多數是蟻災，老膠園裡取之不盡。

木柴鋸好劈開後，如果潮濕還要晒乾，才可用作柴薪。樹桐

粗壯，要用鈸斧劈成四塊，再用小斧劈作小片。這粗重的工程吃力，且有危險性，由母親和堂哥輪值。到了我上初中，母親才放心讓我接管劈柴。

母親找木柴，總在下午時氛。常常走出戶外不遠，就有目標了。母親每天割膠，在來回途中經常注意周圍環境，對木柴的落點瞭若指掌。所以根本不必尋找。母親看見柴房裡存積有限，放工回來，休息一陣之後，便從柴房取出板鋸，擔在肩膀上，不必招喚，我會意我最怕的差使又來了。我們家庭成員不多，父親雙眼長膜，賦閒；堂哥下午專事磨膠刀，為翌日割膠作準備；姐姐挑水和洗衣，還兼顧晚餐。小妹才兩週歲，還在牙牙學語。

凌晨挑燈割膠，午後也各有一份日值表，只剩我較鬆閒，時而攀樹捉巢鳥，時而草叢捕蟋蟀，四處挖掘屬於童年的場景，故每月總有一兩次被母親選作鋸柴的當然副手。其實我也滿勤快，除跟隨母親摸黑割膠，午後也不時幫姐姐挑水。只是拉鋸斷樹委實太吃力，遂成了我童年中最怕的勞役。怕歸怕，卻不敢逃避，除卻對母親向來敬畏，也深切體會鋸柴不是一人輕易扮演的劇作。所以，見到母親肩挑鋸板，我半點不敢怠慢，一手斧頭一手拿鋸鑢，跟著母親出門。斧頭鋸鑢同是鋸樹的必須，鋸板的配件。這兩樣配件，在鋸柴過程隨時運用到。板斧可以剔除阻撓鋸樹的灌木，還有木柴將要斷桐時，經常發生「挾鋸」現象，整條板鋸動彈不得，斧頭就派上用場了。

刀利要靠磨刀石，鋸齒尖銳全賴鋸鑢。勿小看小小的一支鋸鑢，沒有它整把板鋸如同廢物，毫無利用價值。我們把橡膠木柴鋸成約兩呎長，一段一段吃力地鋸拉，木柴數量一多，鋸齒就鈍

了，拉鋸也跟著更吃力，

　　這時母親就停下來，拿出鋸銼，開始給鋸齒加工──磨鋸了。

　　真正精工磨鋸的，是我堂哥。新買的鋸板都要經過他輕琢細磨、調整鋸路，才交母親使用。一把新鋸堂哥得花幾個下午細磨，始露鋒芒，鋸齒似雪，吃木吐糠。母親磨鋸，只是加工，使鋸柴可以繼續。我經常乘這空檔，暫離鋸柴現場，一邊乘機納涼喘息，一邊注意綠林裡咕嚕咕嚕的斑鳩，瞳眸焦點其實是落在樹枒間的鳥巢──而磨鋸這問題總給母親獨自處理。我連握鋸銼都不懂，當然不知如何幫忙；同時年少不耕事，以為磨鋸不過小事一件，一人輕易足以擔當。

　　往往鋸了十多段木柴，鋸齒開始有遲鈍反應了：母親和我同時雙手愈拉愈感覺吃力，拉扯來回十幾下便手痛腰酸了。有一次，當母親停下來磨鋸，我疲累地坐在樹桐上靜觀，發現母親爬滿蜘蛛網的臉頰，汗水從縱橫交錯的網路間簌簌流下，不停地流下，有些滴在她的手背，有些滴在鋸板上，可能鋸板發熱了，傳出嘶嘶響聲。鋸板擺在樹桐上，母親一腳踏穩鋸板，兩手緊按鋸銼一上一下對準鋼齒的姿勢，或許比拉鋸還要費勁用神──至少鋸木由兩人拉扯，而磨鋸手腳並用，只母親獨自持撐，一人付出氣力。

　　鋸樹時母親幾乎已耗盡體能了。只因我年紀小，氣力有限，在我拉鋸時，母親也暗裡使勁，把鋸推向我，減輕我的拉動力，這從鋸板回收時我從手中感覺出來的。現在母親手腳並用在磨鋸，我卻無事閒蕩，追逐鳥雀，全然忽略母親辛勤的付出與苦心。

　　媽，我來幫您。我終於不忍見到母親獨自流汗了。不，你還小，不懂，磨鋸不像鋸柴單靠力；除了用力，磨鋸最重要懂得用勁，不是你眼見鋸銼搓上搓下那麼簡單！

　　明白了。這下子我終於深切知曉，緣何母親磨鋸時臉頰比鋸柴流下更多汗滴。是勁力與體力交融的雙重消耗呵！用勁按緊鋸銼，在A型櫛比鱗次的鋼齒間來回搓磨，四呎多長的板鋸少說也超過六十根鋼齒，母親臉頰的汗滴媽能停止不流！

　　我不會磨鋸。我左看右看，唯一能夠減輕母親負擔的，只有幫忙穩定鋸板，讓母親集中力量在十指之間，操作鋸銼。於是，我端坐在鋸板上，減輕母親跨在鋸板上的腳力。母親略為遲豫，接著投給我一臉憐愛，體會我的用意，然後繼續工作。

　　自那次以後，我進一步了解母親鋸柴和磨鋸的苦心。我把捕獵鳥巢追尋鳩啼的閒散心情關閉，在母親專注磨鋸時坐在鋸板上，使它不致搖擺；同時觀看母親努力不懈的動作——鋸銼在她手中忽上忽下，彷彿在不斷磨練自己的靈巧匠心，也同時提升對生活的戰斗力。

　　　　　　　　　　2009年6月14日星洲日報〈文藝春秋〉版

輯三 哭泣的飛石子

求學的快樂時光

　　兩次報名讀書讀不成，直到一九五一年春季，終於排除萬難，與鄰近三名村童背著書包，踏上漫長的求學征途。那種興奮的感覺，於今難忘。

　　那年我十一歲了。

　　人家十一歲已經小學畢業，我才開始唸「手拍手，拍拍手」，「小小貓，跳跳跳」，為超齡的入學學生。但是，到上課那天我赫然發現，我還不算最年長，同班中比我年長的同學多得很，班中我坐在第二排，後面的同學高出我一個頭。徒步上學的四人同伴當中，有位陳姓女伴大我兩歲呢！

　　這些超齡學生，都有類似的家庭背景，貧窮，且都來自離城市偏遠的鄉下，父母不是割膠，便是拿鋤頭耕種。離城遠加上交通問題，父母親自然不放心讓孩子小小年紀走山路來回；年長幾歲才入學是很普遍也很自然的現象。幸虧，那時候學校還沒有限制入學年齡。

　　我就讀崇華學校，是小城唯一的華文小學，位於江沙大街中段，校前車水馬龍、人潮絡繹不絕；後面走下石階是絨綠的草坡，一泓潺潺的流水從草坡前方娉婷繞過。那條綾羅帶似的小河就是江沙河。

　　當年的崇華中小學合辦，學生人數眾多，教室不敷應用，一、二年級生被編排在下午上課，時間上正好符合我們長途走路

上學的山芭仔。

　　同村中還有五、六個適齡入學的村童，都因路遠而退卻。送子女入學接觸書本受教育，是鄉村父母原本的心願，卻面臨交通上的困擾。我們四個不畏艱苦的學子，除了陳瑞群是女性，姓李的是兩兄弟，咱們每天近中午一起上學，下午六點放學一起回家，陰晴都從不曠課。

　　我們入學不久，村中聘請了一位受過小學教育的盧姓青年當教師，共有七、八個村童在一間空屋裡接受教導。他們也上下午班課，早上盧老師和學子都去割膠，也讓盧老師多一份收入。我們沒有放棄正規教育，繼續徒步上學。

　　來自三個家庭的四個讀書郎，雖都同時生長在橡膠林間，長期依靠割樹膠過活，但彼此家庭狀況還是稍有差異，他們都是小園主，他們的居所都建在自己的土地上，所割都是自己的橡膠樹，他們的父母自然有較強的經濟能力。我家租借的園坵，每次賣膠要四六或三七分賬，而且租到的都是膠液稀少的老樹。

　　同時，租借是沒有契約的，園主隨時都有收回的可能。村裡七、八戶農家，我家算最落魄，可用家徒四壁來形容。可我們四個同伴卻有個共同點，大家提早體驗生活，一起走過艱辛和寂寞的童年；在蛇蠍活躍、蚊子紛飛的橡林裡支撐寶貴的時光。

　　同學當中，超齡生超過半數，可見來自窮鄉僻壤的孩子居多；有些同學比較「先進」，擁有腳踏車，他們踏腳踏車來學校，比我們11字車強多了。我們四個心繫學業，心心相惜，每天上學走七公里，下午放學也七公里，一半路程為丘陵起伏的橡林小徑，空山寂寂，人影渺渺；另一半是坦蕩的瀝青馬路，沿途盡

冰谷每天走幾里路到江沙崇華小學上課（邢福雄提供）

為巍巍聳立的雄觀麗舍，綠樹成蔭。就中最偉壯的首推蘇丹的宮殿，可用瓊樓玉宇形容；其餘王孫公侯的綠瓦粉牆建築，也成為我們路過時驚豔的風景。

　　我家背後有條小徑，為村莊通往小城必經之途，偶而可聽到轔轔的腳踏車聲和步履踩踏沙沙的落葉響，像是村民入城的一項通告；但村民選擇乘汽船的時候比較多，有急事人們才用山徑入城。所以腳踏車聲或跫音也是偶然性的。唯一不時出現的是鳥聲，斑鳩停在樹梢上咕嚕嚕斗歌，早上下午從沒停歇，應該是來了幾隻，又飛走了幾隻，如此循環不息。

　　天天踏響落葉的是我的上學同伴。他們住在村尾，必須路過我家背後的小徑。實際上講，我們把那段路作為聚散地，上學時

間是起點，放學時成分手站；每天時間不改，風雨同路。下午班一點半才上課，我們還有半個早上可利用，我依舊早起挑燈幫母親割樹膠，約莫十點鐘就回家沖涼梳洗，吃過飯換上白衣黑褲，屋背後小徑上同伴的口哨就嘯嘯吹起了。

　　班上同學上學，肩膀上只有一件行囊，那是書包。我們每人手上卻多了一個累贅——擎一支油紙傘，遮炎日也可防驟雨。那時候還沒有見過玲瓏小巧的布質傘——傘柄可縮短，傘骨可收摺，精致得可以輕易放進褲袋裡。說油紙傘纍贅真的夠纍贅，圓竹做成的傘柄足有三尺多長，雨傘撐開有五尺寬大，摺合時粗大像我們的小腿，攜帶雖瑯琅，但十分管用。走在瀝青馬路，太陽如火高照的當兒，就全靠它來調節頭頂上的溫度；疏風驟雨突擊更不甭說，身體被淋濕事小，書包裡圖文並茂的課本潮濕了，可是大件事啊！所以，不管日曬雨淋，油紙傘都是我們的保護傘。

　　長期間在橡林裡奔波勞碌宛如一項激勵課程，我們四個讀書郎對來回徒步十多里的路程毫不在意，每天風雨不改上路，從不怠倦，更難得我們沒有遲到和早退的不良記錄。我相信，強烈的求知慾是一股堅韌的推動力，讓我們堅持走下去！

　　就這樣日復一日，我的手早上拿膠刀，下午握鉛筆。小小年紀的我，卻有一雙頗為粗糙的手。天未破曉，煤油燈的熒光為我引路，走進黝黑黑的橡林；到了夜晚，煤油燈又照亮我的書本，陪我讀書和習字。這樣看似苦澀的日子，卻是我童年求學的快樂時光。

2005年10月12日中國報副刊

2011年4月修定

路上

　　我們四個十來歲的鄉下孩童，不管天晴或陰雨，都在橡林通往小城的路上同步悾惚，為了求學識字。因初級編在下午班上課，每天放學回到家裡已是日落西山的薄暮時氛了。

　　我說過了，我家背後那條小徑是我們四人的聚散地。我們的房屋建在丘陵地的半山，近午上學緣著半山直走，走約十五分鐘經過一段淺淺的谷地，谷地是沼澤，沒有種橡膠樹，所以灌木叢生，自然比橡林荒蕪。越過低谷又上另一個丘陵斜坡，接著下嶺，再直走一段漫長山徑，過一道小木橋開始見到人煙，參差不齊的馬來高腳樓，疏疏落落，偶爾有馬來婦女在橋下搗衣和汲水。

　　這時候，柏油馬路在望了；但暫別高興，銜接馬路是一段陡蹺的斜坡，兩旁幾株綠影婆娑的番石榴樹，給我印象最深刻。從村子騎腳踏車入城，幾處山嶺都要推著腳踏車走，尤其番石榴樹前的蹺土坡，是最吃力的地段；我見過拉木柴的牛車，孟加里人拼命揮鞭抽打，兩頭黃牛才把木車拉上坡嶺。

　　越過坡嶺便是坦蕩寬闊的柏油路了，首先出現在道旁是一座長型古雅的板樓，建構奇特，建材全是竹片與木板，連樓頂都是木板砌蓋的，我們習慣稱它做「竹搭樓」[7]。仰望前方，與竹搭

---

[7]　竹搭樓以竹片為主要建材，連樓頂也用竹片當瓦。

樓斜斜對望，是氣象萬千、宏觀聳巍的霹靂州蘇丹宮殿，建築盤踞著整個高崗，像一座巨形的皇冠。

這段公路無比靜穆，鮮少車馬來往。我們循著王宮的外環公路繼續徒步，雖道旁不乏綠樹，但在陽光高照的日子，我們仍需打傘蔽熱；唯腳步輕鬆多了，不必顧慮像山徑浮凸的樹根、帶刺的蒺芒，我們可以氣宇軒昂、邊唱邊談地高昂闊步。

路，雖然遠，但每天上學，我們的心情卻是愉快的。然而放學就不一樣了，因為要趕路，時間緊繃而心情緊張。這和現在的學生恰好成反差。

傍晚六點鐘，鐺鐺的放學鐘聲一響，全校學生都要集中在教師辦公室前按班級排隊，聽完校長和老師的訓話後，還不能開步走，還要等；幾乎每天都有學生丟失東西，鉛筆、水壺、膠擦，甚至有時手拍也會交到老師手上，「這是誰的這是誰的？」連叫喚了好一會，才見到學生上台去收取。

這些循環不息的失件，是瑣削事，這裡我要提起，因為耗去不少時間。我們要走那麼遠的路途回家，又是荒蔓的僻徑，放學集中的情緒在想著趕路，暮色蒼茫之前抵達家門；偏偏這時刻有同學遺失這遺失那，要大家列隊恭候他們上台「領獎」，心裡感到十分氣憤。（幸虧後來校方取消「領獎」項目了，因為發現遺失全是虛假的，學生故意把東西交給同學拿去報失）

氣憤心急也徒然，我們總得遵守校規。想來校方也不會想到，台下苦等的學子中，有人竟有跋涉七里路的憂傷。

　　訓完話了，「領獎」結束了，訓務主任「呸呸呸」吹響哨笛，擺一擺手，意思可以開步走了。但還沒輪到我們，我們的班級排列幾近中間，同學走了近半我才邁開步伐，躂躂走出校門就馬不停蹄匆匆急步。我們四人八隻腳，不敢稍留，落日夕陽不會放慢下沉的決心，我們趕到汗流浹背喘喘吁氣，抵達家門時炊煙熄滅、油燈亮起了。

　　我記得當時最熱門的電台廣播是翡翠廣播網的李大傻講古，講的是武俠故事。我家雖窮，卻有一台收音機，以汽車電池啟動的，那是堂哥心愛的「老婆」。堂哥在原鄉本有妻兒，但南來後吊兒琅璫，一直沒有匯錢回鄉迎接他們過來，弄得兒死妻散；母親屢次勸他另娶，安排他去相親，屢次都說不合眼，最後索性說不要老婆要收音機。母親拗他不過，就順了。那時的收音機可不便宜，而且要買兩個大電池交替使用。每周送到城裡去充電，真個死麻煩。村子裡有收音機的唯獨我們一家，所以被人村人譏誚苦中作樂。堂哥卻自樂其樂，不理外面的冷言熱語。

　　李大傻節目在下午七點啟播，排在所謂的黃金檔。每天我放學回到家，李大傻故事已講到半途，他那句尾調「請各位明晚繼續收聽」我今天依然裊裊在耳。

　　這樣艱難的求學環境，令很多鄉下父母放棄送子女入城讀書，尤其不放心那段崎嶇又偏僻的橡林小徑。暮靄往往提早眷顧膠林，黑雲密佈陰雨醞釀的下午，橡葉密麻濃罩下，那條蜿蜒起伏的小徑特別顯荒涼；如果風聲乍起，落葉蕭蕭飄零，四把雨傘撐起叮咚的雨滴，暮色蒼茫行色怱惚裡，漫長的荒徑彷彿有走不完的懊惱與神傷。

　　我們風雨不變徒步上學，也徒步回家，從沒想到汽車代步這等輕鬆事。即使王宮這段平蕩的瀝青馬路，也不見有公共巴士川行，更遑論學生巴士了。卻不料有一天，我們走到半途，一輛轎車悠遊地越過我們之後，忽然停下了，司機將車緩緩倒退，停在我們幾個人身邊，車裡鑽出一個人頭，我以為是迷路的，卻聽到他說：「小朋友，住哪裡啊？來，我送你們回家。」

　　那年代不知道什麼叫綁票拐帶，但對突而出現的這位好心陌生人，我們心中難免驚愕，而且有些惶然失措，煞那間不知如何作答。我略沉思，心生一計，推搪道：「我們住離這很遠的膠林裡，汽車去不得！」見我們猶豫，「沒關係，我放你們汽車能到達的地方。」跟著還解釋，「我出來兜兜風，是順路載你們，上車呀！」

　　他沒等我們回話，就逕自打開車門了。這時我們稍放心，搭上他的車座，在番石榴樹搖曳生姿的坡領、也是馬路的盡頭下車，對不知姓名的車主連聲致謝。

　　到家告訴父母，他們也感激這位路上相送的陌生人。換作現今詐騙頻繁的社會，必遭雙親百般訓誡。當時社會純樸、人性篤實，人們心中互不設防，像這樣雲霞般的偶然相遇，而以車護送事件，讓我更加懷念五十年代的人生圖景！

　　熱忱的相送，雖是煞那間的短途，唯他那顆坦誠的心，令我終生難忘和感恩！

2005年10月19日中國報副刊

2011年4月修定

走上柏油路「竹搭樓」即出現了（林文慶攝）

哭泣的飛石子

在漫長的人生旅途中，有些人和事只與我們擦身而過，剎那的萍聚卻叫我們終身不忘，永銘心底。就像放學路上以車相送的陌生客，他瘦削軒宇的身影讓我咀嚼了一輩子。

但，在求學路上，除了美好，也有些傷痛辛酸的遺憾，似惡夢般纏在我腦海。

就像那一顆飛石子。

一顆飛石子，突然從路旁射出來。

當然有人操從。石子又沒長翅膀，無故怎會飛！而且像是長有眼睛，不偏不斜，正好擊中我；擊中身體或許只會痛，但我簌簌流血了，因為飛石子擊向我的頭額，二郎神第三隻眼睛的部位。

那天我回到家裡，立刻撲倒在母親懷裡，不住嚎啕哭泣。

我嗚咽著說：「媽媽，我再也不去上學了，留在家幫你割膠……」

這樣的求學經歷，令我沮喪好久。

事情發生在周末。

凡周末上半天課，學校早放學。

　　我們四個讀書郎，下午三點半已經在放學路上了。瀝青馬路走得好愉快，步伐也輕鬆。

　　我一邊走一邊腳踢路邊的碎石子。那樣的感覺真好，可以忘卻先前上課的緊張。

　　時間還早呢，我們的步履與平日趕路有截然不同的感受。

　　陽光在我們背後，斜斜地貼在馬路上，暗示有足夠的鬆容時間讓我們走路回家。

　　不必有手錶，太陽是我們的時間符號。我們相信它的準確性，還有永瓦不變的心。

　　心情朗爽就自然開腔，唱歌就想到那闕〈讀書郎〉，學校音樂老師在班上教導的曲調，成為我們在路上步伐的伴奏。上學和回家都一樣，是我們自個兒的流行曲：

　　「小麻小兒郎呀郎，背著書包上學堂，不怕太陽晒，也不怕風雨狂……」

　　無一句我一句，唱呀唱，唱到忘記了路途的遙遠，也忘記了時間的消長。

　　心情愉悅有時是會得意忘形，意念鬆懈、疏於防守。

　　那顆蘊含著靈性的飛石子，懂得尋找我的死穴；就選這一瞬息飛來，啄我的額際。

　　「碰」地一聲，就在我眉眼之間，是衝撞骨頭擊出的聲音。

　　一陣劇痛迅速從我的頭部漫開，沿著神經細胞伸延到我全身，除了雙眼爆出火花，也感到陣陣暈眩。身體支持不住了。

　　同時受驚的同伴見狀，馬上將我攙扶。

我免強站著。這我才發現，原來前面不遠的馬路上，有一群與我們年齡相仿的馬來孩子，正在嘻哈大笑——我聽出那是勝利的笑聲。他們每人手上還緊揑石子。

靈性的石子從其中一個手中飛過來的。

我忍不住呀呀呼痛，用手按著飛石子致傷的地方。感覺到濡濕，原來簌簌溢出了鮮血。那群孩子顯然覺察到事態嚴重了，一窩蜂地轉入小路，鳥獸般散去。

幾個陰晴與共的伙伴，一齊安慰我。

這時候的我最需要人送暖。我從褲袋中掏出手帕按住前額，防血液往下流入眼瞳。突然，我觸摸到有粒「肉瘤」隆起，像吹氣球般漸漸腫大，腫大……。

還好，上蒼保佑，鮮血須臾便停了。但疼痛如千萬枚芒刺，一路沒間歇地攻擊我身體的神經線。

那種感覺當然不好受。那個下午，我帶著一個「肉瘤」痛到家。

路上我沒有流淚，也沒有哭，但當我兩腳踏入家門，看見了母親，我控制不了情緒，連書包也來不及拋下，就撲進母親的懷抱哇哇地不停哭泣了。

小時候，我遇到任何委屈，只有母親可以傾訴，可以了解……。

母親看見我額上有顆從血痕長出的「肉瘤」，也不禁掉下淚珠。我想她的心可能比我的「肉瘤」更為傷痛。從她緊緊擁抱我的雙手可以感覺到。

冰谷走路上學，每天都經過輝煌雄偉的蘇丹王宮。（章欽提供）

　　母親從來不曾這樣緊力地摟抱過我。

　　好一陣，母親才撫摸著我的額際說：「外傷而已，替你搽跌打油就沒事了。」

　　別哭，別哭……，不要緊的。姐姐從房裡拿出藥油。

　　當母親聽到我不再上學，她若有所失，也有些惘然。

　　「明天我去找阿末，通過他，什麼難題都可以解決，不要擔心。」母親溫和地安慰我，怕我真得不肯再上學。

　　媽媽撐起整個家。什麼大小問題，母親都可出面解決，找膠園、造房子、柴米油鹽，還包括安排我入學，製校服，買書本、筆墨等等，全由母親出面。母親在我心目中，幾乎無所不能。

　　阿末是鄰近甘榜的中年馬來朋友，住在靠河邊的高腳板樓，周遭盡是華人住宅。他喜歡與華人出入，久而久之，阿末說得一口流利的廣西話，因為村裡華人都是廣西人。也因此，阿末在村裡被人起個外號，大家都叫他「廣西末」。

　　「廣西末」樂於助人。他雖不是彭古魯[8]，因語言上的方便，我們有事總是想到他。

　　翌日是禮拜天，母親放工後帶我一起找阿末。我額前的「肉瘤」還沒有消散，証明我的遭遇。接下來的日子我們上學和回家，再也沒有遇到飛石子。

　　我欣慰，那顆飛石子真有靈性，它選擇了我的額，如果下一寸敲鼻樑，會區去；偏左或偏右中眼球，即使我不盲，也必定住醫院和捱手術刀。

　　我信那顆是有靈性的飛石子。

2005年10月16日中國報副刊

2010年4月修定

---

[8]　Penguru即村長。

隱沒在暮色中的身影

很多事，都要努力付出代價的。

我們四個鄉下窮家子，有幸去城市受教育薰淘，雖說徒步來回疲累，卻很感激這個機會。

走路走了一段日子，也有風雨也有晴，慢慢地竟然習慣了，習慣了就不覺得辛苦。對於天天在凹凸不平的橡林野地裡奔忙的村童，走幾里路上學自不當難事，況且背後有一股求知慾做推動力。

家長見到我們割膠不辭苦，讀書又用心，風雨無阻上學，半年來除我曾遭飛石子擊傷外，一路來倒也平安無事，所以就很放心了。

四個人的學習成績都不差，期考我最標青，班中名列前茅，滿懷欣喜的除了我，還有含辛茹苦養育我成長的父母。

這樣的割膠生捱與求學生活，貧苦中三餐溫飽，平淡裡接近歡樂。村民朝出暮歸，作息有時，雖然沒有設定星期周假，但新年佳節共同慶祝，氣氛一片祥和。這種自行規劃的日子倒也很閒適自在。

可是，這樣的恬靜生活也不能持久。

四、五十年代馬來亞的政局一直風雲激蕩，一九四一年日本蝗軍入侵，三年八個月的悲慘歲月我們全家在饑餓中渡過。

當時我年幼，記憶一片模糊，但啃薯條、啖粟米的際遇叫我終身難忘。

日本投降後，共產黨退入森林與英殖民政府對抗，構成另一場內部的紊亂局勢。

共產黨的騷亂升溫，英政府由於兵源不足，於是就宣佈征兵政策，凡男性青年一律須登記，準備入伍受訓。

那時學校半年期考剛結束，下半年的課業已經緊鑼密鼓進行了。家長們對這突然的征兵消息非常震駭，一時失措惶恐。打共產黨嗎？槍口對著自己人。同時，華人剔除不掉「好鐵不打釘，好男不當兵」的狹隘思想，眾人不免躊躇滿懷。

跟著，聽到有許多華人紛紛變賣產業，走為上策，扶老攜幼離開馬來亞，重返原鄉「唐山」。我們窮剩四壁，連買船票的費用都成問題，雙親根本沒想過逃亡避難。但是，征兵對我的影響可大了，我失去兩個上學夥伴，後來更孤身上路，驚魂處處。

起因是，姓李的兩兄弟掉了隊，李爸爸怕兒子被招入伍，拿槍上戰場，遂匆匆把膠園地廉價變賣，一家四口買船票回廣西原鄉去了。

他們這樣愴惶離開，我在求學路上，這是個大衝擊。

自此，上學成了我童年揮之不去的夢魘。每天踏上那條山徑，心中就忐忑不安。

對唐山的概念，我是一片曚矓、毫無所知，卻在懵懂中意識到那是一個路途迢迢的地方，乘大輪船聽說也要一個月。

在海洋上航行的大輪船，總比霹靂河上的汽船航行快。我年紀小，卻懂得這麼想。大輪船一個月的行程，嘩，不得了，我推

算不出那種遠距離。

有一點我可以肯定，兩兄弟這麼一走，就等於是一場永別，人海茫茫，後會無期了。

這消息像劃過晴空的一聲霹靂，我有類似被飛石子擊中的暈眩。

我不只失去兩個伙伴這麼簡單。路上風雨同行的那份友情，來去相扶的那份溫馨，彈指間即變絕響，永不回頭了。

村裡有七、八家華人，適齡入伍的青年很多，李家兄弟尚未足齡，只是要報名登記而已，卻嚇得驚荒逃難了。事實証明，後來英政府並沒有招入伍，卻施用緊急法令，將散居鄉下的華人集中在新村。

這一波徵兵政策，全馬掀起洶湧的波瀾，很多華人因此回去原鄉。

猶記得那天放學，在回家的路上，沒有人哼輕快的調子，心情凝重得只顧默默走路，大家都很沉寂，靜穆到可以聽到彼此的腳步聲。到了接近我家的路口，大家仍依依不捨。我深知李家兄弟隨雙親這一離去，我們今後各自天崖了。

「再見！」四個人同時揚起了手，大家眼眸都紅了，但沒有掉淚。

我望著兩兄弟瘦削的背影，還有書包，還有油紙傘，在暮色蒼茫中漸漸遠去，漸漸隱沒；心中不禁乏起一陣若有所失的悲愴。

我知道，這兩個曾經風雨同路的影子，還有熟悉的聲音，將不會在我面前重現了……。

在童年，第一次咀嚼別離的滋味。

真的，到了馬中開放的今天，依然沒有李姓兄弟的訊息。

2005年11月2日中國報副刊

2011年4月修定

追腳踏車的日子

世事瞬息萬變，令人難以意測。

陰晴同路、情如手足的四個小伙伴，僅渡過半年的快樂求學時光，就因局勢風起雲湧而永隔天崖了。

癡望著兩兄弟沒入暮靄中的影子，我楞住了，如一尊像，佇立著久久不動。

半年的時光感覺上很短暫。而半年過後，每天奔走在山徑的影子由四個變成了兩個，在廣袤無垠的橡林裡，情況就更顯寂寥了。

路，無論怎麼寂寞，或者更荒涼，我們還是繼續要走的。

鄉下孩童求學，首先要衝破這道障礙。

從此，彎彎的路上只有陳瑞群和我兩個，但我們沒有放棄求學的夢想。

兩個人，也總算有個伴，可以扶擾照應。可過不久，陳同學開始學踏腳車上學；起初還很生疏，半推半踏，加上山徑崎嶇，她與我徒步的距離時近時遠。這情況對我還不算太孤單，她的腳踏車和身影仍在我的視程內。不過，我還得走走跑跑、跑跑走走地追趕，才能維持那樣的距離——彼此看得見的距離。

肩膀有書包，手上是油紙傘，兩樣都成為我追腳踏車的累贅。

陳瑞群大我兩歲，長得高佻，具備了騎腳踏車的有利條件。果然不出所料，不到兩週，她的騎術純熟了，愈踏愈快，尤其在

瀝青馬路上，只見她凜然坐在車包上，兩輪如飛，好像不須怎樣用力踏，就把我拋落在遠遠的後頭了。

我氣吁吁地滿頭大汗，目送她飄逸飛馳的身影，好生羨慕。我多希望自己也擁有一輛腳踏車，跟陳同學一起踏著上學，也踏著回家。提早抵達家門，讓我可以聽到李大傻完整的武俠故事。

所以，我實在很想學踏腳車，可是家裡父親那架老爺腳踏車，老舊倒沒關係，老爸是身高七尺的高佬，他的腳踏車也屬高架型，笨重自不必說，年幼的我雙腳怎夠長去踏？買輛小型腳車，以當時我家的經濟情況，是個難以實現的夢想！

陳瑞群家境不同，她父親擁有好幾十英畝橡膠園，自己割不完，還給人承包抽租金，買輛腳踏車供她上學是輕而易舉的事。

偏偏，我家欠缺這個能力。

原本上學在大白天，我孤單上路也心無忌憚。可回程的時候已近薄暮，橡林處處蟲聲四起，凝聚了一片陰森與荒涼。這樣的環境，我一個人孑然在荒徑上，心中實在有股難以形容的惶恐。尤其走到那段灌木叢生的谷地，知道附近就是去年中元鬼節有人上吊的地方，又聽過很多有關厲鬼的故事，吊頸鬼的陰影就一直潛在我幼年的心靈中。

每逢經過那段路，我心裡即掀起不安。幸虧橡林山徑有多處坡領，坡領腳踏車要下來推行，這樣我們又逐漸拉近距離，陳瑞群和腳踏車又出現在我的視線了。

有時候她見到我們的距離遠了，她便停下來喘息；我想或許她知道我膽怯，故意停下來等我，也說不定她也顧忌吊頸鬼，需要我結伴壯膽。

這樣追腳踏車的日子，難免比過去四人上學來得辛苦，但我也得撐住、強忍，堅持讀書求知的理念。可是有次陳同學痛倒了，連續幾天沒有去學校。這回真個是孤身影隻了，怎麼辦呢？我從來不曾有曠課的記錄，總不能假裝生病吧？母親割膠製膠片忙到下午，不敢開口叫母親陪我上學。

那天割膠回來，我踟躕了好久，終於換上校服，揹起書包拿著油紙傘，邁開腳步上學。不是我突然變得膽大了，而是，我擔心曠課一天會失去很多練習的功課。

在放學的時候，我盡量把腳步放快。經過懷疑吊頸鬼出沒的路段，我鼓足勇氣和腳力，拔足飛奔，隱隱覺得後頭彷彿有追來的腳步聲。

我只顧向前奔跑，不敢回頭望，但躂躂的聲響也緊緊跟蹤，好像愈走愈近，對我窮追不捨。

到家，汗流浹背了，衣褲也全濕透，也不知道是被鬼魅嚇出的冷汗，抑或激烈奔馳流出的熱汗。也許是兩種汗滴揉混在一起了！

幸虧，追腳踏車上學的日子不長久，幾個月之後，殖民地政府另設法令，將散居鄉下的華人趕進鐵絲籬笆的新村，我在小城求學的因緣也暫告終結。

2005年11月12日中國報副刊

2011年4月修定

雨天去拾荒

　　鄉下兒童上學，褲子裡難得有幾個零用錢，因此有些鄉下學生攜帶飯格和水壺，下課時享用，父母要節省開銷。

　　我走路到學校要一小時，手拿油紙傘和背一小時書包走七里路，而且不是平坦大道；要越嶺翻山，要過橋跨河，我已經不勝負荷了。

　　再多添一個飯格，不知要擺在哪裡。

　　母親每天給我兩毛錢零用，剛好夠買一碗湯麵充饑，沒多餘錢買其他零食了。

　　我真羨慕一些同學，吃完麵條手中還拿著一大杯雪糕，慢條斯里地一面走一面嚼。

　　說起來鄉下孩童有也辦法自己去找零用錢，甚至不必向父母討零用。只要勤奮，肯在雨天不能割膠的日子去覓尋，去翻找橡樹頭被遺棄的廢料，收集起來清理，就可以賣給膠商賺錢。

　　這等於城市裡的孩子拾荒，在垃圾桶翻爛銅廢鐵去變賣，情況是一樣的。差別是環境不同而已。

　　橡樹頭滿地堆積的所謂廢料，在窮孩童眼中其實都是寶。

　　膠樹生產的膠液最值錢。膠液可以製成膠片，送入煙房烘

乾，稱為煙花片，是樹膠最高的產品[9]。其實樹膠還有幾項副產品，包括膠絲、膠丸，和收膠液後那層黏在杯子凝結的膠膜，如果經過處理都成為商品；但是，價賤，與膠片相去甚遠。

　　有些膠工為了追逐高價的膠液，趕時間，割膠後把副產品隨手一拋，堆積成廢料了。

　　我六歲就跟母親去橡林，不是幫忙割膠，而是專門收集這些副產品。有我在，抹膠杯、撿膠丸、拾膠絲，我手到擒來，母親能專注，割膠快很多。

　　那些把副產品當廢料棄擲的，多是沒有副手的膠工。最常見是很多膠工下刀膠絲連樹皮一起割，任由膠絲掉落地上不理。這類樹皮膠絲買家不收，所以一條條棄在樹頭，愈積愈多，真如一層厚厚的廢料。

　　割膠最忌下雨。晚來一場風雨，點點滴滴，即使天亮的時候雨歇風靜，膠樹濡濕未乾也不能出門，這叫做「水限」。遇到如此倒霉的日子，姐姐和我就去拾荒，有時也招朋呼友，拿起膠桶或肩掛膠絲袋，一起去覓尋，有時要越過幾個坡嶺，才發現有廢料存積的橡樹。

　　無論走多遠，我們一群像猴子般活躍的村童，總是興致勃勃，也從不言倦，因為從廢料掙來的錢，算是外快，不管多少，父母從不收分文，全入我們的口袋，歸我們花費。

　　有時運氣好，遇到的膠樹廢料堆積多，更有一些散渙的膠工，把小塊的膠丸也懶得收取，當作廢料任其在地上發霉、生

9　這是當時樹膠的品級，自70年代粒狀膠研發後，樹膠的品級突變，連這些副產品加工也提升到高品質，膠產已沒有遺下廢料。

菰，我們便如獲至寶，狂風掃落葉般統統拾進膠桶裡，吹著口哨滿載而歸。

我讀小學時，多出的零用錢，都是從樹頭廢料尋來的，也是血汗錢啊！

既然叫做廢料，當然須經過處理才有人收買。除了清除枯葉、泥沙等雜物，膠絲要去掉樹皮，相當耗時費力。膠絲去皮須用木棒敲擊，使樹皮破碎脫落，或用手拉長讓樹皮自然掉下。

所有廢料都拿回來才清理，空閒的時候進行。如果潮濕，還要放在陽光下晒乾，不然收購商會「扣水」，甚至趁機壓價。

一般上清理後的副產品，都散置於陰涼的地方，等待出賣時才裝入麻袋，否則會發霉長菌，品質變劣。膠價旺市的時候，膠商從城市踏腳踏車下鄉，到處挖掘生意，最樂的是我們這夥拾荒童，見到他們彷彿見到財神爺，趕快把我們的收穫擺上去。由父母商洽價錢後，就伸手等待領錢。雖然是小數目，而鼓勵性可大，意味我們肯用心機去爭取就有成績。

膠商也懂得討孩童歡心，他們從城裡帶來山楂片、陳皮梅、甘草之類，一進門就分配，有零錢又有零食，真令我們樂翻天。得空多拾一點，得空多拾一點。膠商離去時，總拋出這句話。

那時還沒有摩托車，踏腳踏車翻山越嶺下鄉找生意，逐家去叩門，的確很疲累。而且我們拾荒又不是固定的，有時久久都沒有收穫，使他們空跑一場。有時候收購多了，腳踏車載不動，又得將麻袋逐包縫紮好，載去二公里外的渡頭，由汽船運回城市。

那年代要找兩餐溫飽，不論哪種行業，都不簡單，都要血汗做代價。

　　拾荒最頻密的時期，是雨季沒有割膠的日子。但是，靠近農
曆新年和佳節，因了要多花費，我們出動拾荒的次數也提升。零
錢多了可以進城買戲票看幾場電影，可以吃湯麵和紅豆冰。

　　求學後，拾荒對我顯然更重要，因為零用錢的用處愈廣；有
時缺乏一枝鉛筆或一本習字簿，不必每次向母親伸手。拾荒得來
的零錢，足以應付學校裡多方面的小開銷。

2005年11月9日中國報副刊

2011年4月修定

燎原的夜火

　　燎原的野火，每年季節性地撲來。

　　每逢橡樹落葉的季節，都恰遇連月苦旱，乾燥加上悶熱的氣流，使落葉的橡林儼如一座大火爐。這時候橡林最忌星火，一焯火花飛來足以焚化大片原野。

　　很難分辨燃燒的來源，但總在更深夜靜時段，當村民盡在夢寐中。

　　童年的歲月，多少甜夢被呸啪的火光驚醒。我們那幢易燃的木板亞答屋，建在橡膠林野中，落葉的季節雙親睡覺前總要準備一些滅火物，諸如竹耙和麻包袋，夜火吃緊的時候跳下床，雙手撐著即可往外撲火。

　　不然，張開惺忪的睡眼，找到滅火器物的時候，生怕野火都要燒亮門口了。所以，旱季裡對野火總該有個戒心，以防萬一。

　　園主和膠工最忌、也最憂慮這段乾燥悶熱的日子。每天膠工放工回來，園主就得派人匆匆趕去巡視橡林，直到夜晚。很多時候要工人掃掉堆積的乾落葉，編造一道人工防火帶，把園地打造成野火的絕緣區。

　　這樣，也並非萬無一失，有行人經常來去的地帶，掉落一根煙蒂也引起火災的勢頭。有人駐守，還是最關鍵也是最安全的。

　　童年時我住鄉下，鄉下遠近都是小園口，落葉的季節各自駐

守園地，卻守望相助，有野火發生，總會聚集在一起，同心協力去撲滅。但是，漫山遍野的橡樹林，很多園主住在遠地，夜間野火燃燒的事件在旱季裡層出不窮，有時火勢熊熊燒盡了整座山嶺才發現。

「嘭嘭嘭……」我們的村子，如果夜裡傳來這樣的響聲，又是發生在落葉的季節裡，毫無疑問，必定是火警的訊號。

不管睡意有多濃，你都要驚起，看火勢在哪裡肆虐。然後，通報左鄰右舍，向夜火捲起的方向出發；最重要的是，手上一定要拿著麻袋子或竹掃耙。

這一刻，大人陷入焦慮和不安，深恐野火燒到自己的園地，慌失失地抓起電筒或煤油頭燈就往外跑。

記得有一次，父親起來「嘭嘭……」地敲響警號，一家人全被驚醒了，我聽到父親急促的聲音：「快拿傢伙，大火燒到屋背的山頭了！」

孩子最愛湊熱鬧，我跳下床，嚷著去幫忙。

「三更半夜，小孩別跟，火燒芭蛇鼠四處竄，回去睡覺吧！」母親說完，穿起布鞋就和眾人一起閃出大門了。

這時戶外人聲騰沸，原來鄰近的村民聞訊，先後趕來了。每人手上的電筒和火把，在黝黑的夜空裡晃蕩，緊張的情緒有如士兵出征。

場面這樣雄壯熱鬧，我哪裡還有睡意？於是穿上割膠的舊鞋，躡足跟著眾人後頭，向屋後有火光的山嶺走去——盡量與母親保持著距離，怕發現了被罵。

　　本來是萬籟俱寂的深夜，寢室安臥依迴夢鄉的時辰，因為野火燎原而驚動了全村，使橡樹密植的園地人聲紛揚，眾人騷動。

　　火勢從哪裡燃起，沒有人可以解答，也無從去追究。這時候大家決意是撲火，有人揚起浸濕的麻袋，在火線邊緣撲打；拿竹耙的則掃走枯葉，露出一條防火帶，控制火勢繼續漫延。

　　我借火光跑前去，看見灌木綠葉叢叢，就地摘了幾枝就向火焰撲打。幸虧沒有風，火焰裊裊飄飄，毫無氣勢，撲打三兩下即冒一陣白煙，跟著就熄滅了。但是，燒成弧形的一條火帶，長到幾乎望不盡，大家分段進行撲滅；有些原本煙火絕滅的地段，稍後再看，又見煙火重燃，甚至爆發劈啪劈啪的響聲，好像在嘲弄我們，向我們的能力挑戰。

　　窮鄉僻壤，缺乏水力，僅借助濕麻袋和竹耙，由幾十個鄉民組成的「救火隊」，那夜一直忙到天亮，手腳酸麻了，野火才熄去。

　　乾旱又逢橡樹落葉，幾乎每年我們都遭遇火劫。

　　要到三月雨水驟降，這般季性的噩夢才結束。

2005年11月16日中國報副刊

2010年4月中修定

動盪的歲月

　　馬來亞聯合邦既為英國的殖民地，名義上英國有責任維持地方治安與抵禦外來侵略。可是，從四十年代初至五十年代初這十餘年間，馬來聯邦連串內憂外患，自恃兵強馬壯、砲厲船堅的英國，除了在屬地掠奪資源，對外來侵略和地方治安維持卻一籌莫展，束手無策。

　　遇災難束手無策，充份暴露了殖民地政府的積弱無能。

　　外患是指引發二戰火花的日本。日本想稱霸世界，四處燃火發動戰爭，一九四二年蝗軍入侵馬來亞，英軍潰退，人民被迫在屈辱欺凌中過日子。幸得美軍在廣島投下兩顆原子彈，日本無奈投降，英國重登半島，基於和平後英方與共產黨談判破裂，引起了一場內患。共產黨退居森林，以游擊方式與英軍膠纏。

　　為了克敵，英政府制訂了許多法令和策略，空投傳單、宵禁戒嚴、米糧限制……等等，湊效皆不大。而不少政策對民間百姓、升斗市民造成諸多干擾，尤其散居鄉野的農民，作息深受影響，卻對撲滅密林中的共產份子無可奈何。

　　當時的英駐聯邦欽差大臣亨利・葛尼氏（Henry Gurney）認為，這是由於他們獲得各地鄉間華裔的接濟，米糧、醫藥和金錢的支援。一九五一年十月七日，葛尼氏在驅車前往福隆港度假途中，遭受不良份子阻擊身亡，使英政府大為震驚，也更對華裔

不滿與憤怒。

於是，接任的大臣實施鐵腕政策，決意把散居在膠林、礦場與農耕的華裔進一步嚴管，作一輪驚天動地的逼遷，拆家毀業，全部被趕進鐵刺籬圍繞的新村裡。對於華人，這風厲雷動的大行動，要比緊急狀態法令更壞的消息。

那段動盪的年代，有時因工作，有時因戰亂，我們不知走過了多少顛沛流離的日子。母親經歷千辛萬苦打造的一個家，還住不到兩年，又要搬遷，真是千頭萬緒，百般滋味。

那時候我們住在霹靂河岸，距離小城江沙約有七公里，丘陵起伏、連綿無垠的全是橡樹林，沒有稠密的山林叢野，更無不良份子匿藏與活動，但是全部華裔被圈在遷移名單內，新村地點是瑤倫（Julun），離開小城有五里路程。

母親聽到消息，差點昏闕。瑤倫與我們霹靂河岸地點分岔，不同方向，我們搬去瑤倫，要途經小城，全程是十二公里，此後回到原地割膠路長漫漫，比我上學還要走更遠，母親怎不憂心忡忡！搬進新村後，早上六點鐘才開柵門，來回的旅程成了大難題。走路根本不可能，乘車也只有從瑤倫到江沙有巴士通行。

這時候大家才想起騎腳踏車。十二里路腳踏車免強可行，可是我們全家上下只父親有架老爺腳踏車，母親、堂哥、姐姐有腳踏車都不會騎。今後的生活怎樣過？這的確成為我們家庭中難解的繫絆。所以移民報告宣佈後，大人們臉上那層愁悶的色板，連年幼的我也深受感染，鬱鬱發楞。

這項改寫歷史的搬遷行動，影響深遠，也直接擾亂了我們但求溫飽的生活步伐。母親除了哎聲嘆氣，一時間不知所措。然

而，呼天不應，英政府不會憐憫鄉民的苦衷，更不會改變政策。平素處於清寒的我們，這等於是雪上加霜，毀家另造新巢固然費周章，遷入新村後的生活要如何度過，那才是最大的挑戰！

英政府設下了搬遷期限，我們只得走一步算一步。父親趕緊領取了搬遷輔助金，和堂哥馬不停蹄去新村的規劃地瑤倫建新家，母親依然帶著我們姐弟割膠，希望做最後的衝刺多掙幾個錢。母親素來勤奮，懂得往後的日子將面臨更多風雨和挑戰。

大遷徙法令擾亂的除了村民的作息，也直接影響到我的求學程序。幾經波折，好不容易我於一九五一年脫困報讀江沙崇華小學，結伴走幾公里路上學的難題解決了，沒想期考結束不久就傳出移民的消息。這晴天裡的悶雷，在我求學的途中激起了一片漣漪，我有預感，將有一段日子離開校門，告別學習。

我猜測的很對，將搬家前的日子，大家開始忙著收拾家當，房子裡外一團忙亂，我哪裡有心機繼續學業？連向師長與同學告別也沒有就斷了求學的路程。

我們簡陋不堪的亞答屋，沒有一樣材料可拆除利用的。屋頂的亞答不必談了，動手就碎爛；那些棟樑橼柱，大概堪做薪火。因此，我們乾脆原封不動，家中仍有價值的是睡房裡的床板、床布、蚊帳；廚房中的炊具、器皿，吃飯用的碗筷、桌凳。還有最不能遺漏的是生活工具，膠刀、膠桶、煤油燈、膠鞋。堂哥最珍惜他那台收音機，和兩個沉甸甸的電池。

新村房子建好後，父親陸續將輕便的家當用腳踏車載運，移去瑤倫新家。橡林小徑汽車不能通行，所幸我們也沒什麼貴重的東西需要租車；至於難用腳踏車處理的床板和桌凳等，父親載去

渡頭，以汽船運到小城再轉到瑤倫。我家缺乏壯丁，一邊割膠一邊搬家，母親和姐姐、父親與堂哥各自分擔工作，勞累了兩星期才可喘口氣。

記得那是一九五一年的八月天，我們告別了霹靂河岸的亞答屋，母親、姐姐和我是最後一批離巢鳥。舊巢雖然簡陋，卻為我們遮風避雨長達兩年，我在亞答屋簷的油燈下開卷，讀書習字，一家人擠在有限的空間裡，其樂也融融。而今因世局動蕩，無奈被迫離去，心間不禁湧起無限依戀。

離開霹靂河岸，是我徒步上學夢魘的終結，卻是家人生活走上夢魘的開始。

2005年12月7日中國報副刊

2011年4月修定

鐵刺籬內

英政府駐聯邦欽差大臣亨利・葛尼氏遭阻擊殉職後，受牽連影響最大的，不是埋伏投彈的共產份子，而是馬來半島所有的鄉野勞苦大眾。

這事件燒起英政府的怒氣，實行鐵腕政策，於一九五一年先後開闢了四百五十個新村，將散居鄉下的農民悉數遷移，趕入以鐵刺籬圍困的集中營。新村（New Village）這個名詞由此走進了大馬的史冊。出入限時，男女搜身，出門工作只允攜帶個人午餐和開水。這項悲慘的不幸遭遇，成為大馬建國前對華人最大的傷痛。

當年家家扶老攜幼翻山越嶺，用兩肩雙手搬運家俱或以腳踏車推動，那種百般無奈、求救無門的苦悲，今天依然牢牢地觸動我塵封的記憶，成為我童年一段永不泯滅的歷史。

從小城大街的交通島繞向西北行，可直通紅土坎（Lumut），政府將離小城六里路旁的一片橡膠林剷平，用灰柱豎起鐵刺籬笆，把土地分劃，共容納四百多戶人家。

這就是瑤倫新村的形成，我們的窩居就被銷在一片四方土地。全村只有一個柵門開向馬路，日夜由軍警駐守，村民限時出入，作息不得自由，形如囚犯。

我們住在鄉下橡林，房宅從不設防，家家如此。我和友伴到

甘榜採水果，見過阿芝伯的牛羊欄杆，是用鐵刺籬圍繞的。現在我們被困在恐怖的鐵刺網內，早上刺網柵門打開，大家爭先恐後擁出去，下午回來鐵柵鎖上，幾百戶人家只能在鐵刺網內活動。這與阿芝伯欄杆裡的牛羊沒什麼不同。

　　鄉下空間寬闊，行動自由，我們被束縛，原本就非常不習慣，偏偏我們的家安插在144號地段，是最靠馬路、也最靠籬笆的一排建築。打開後門，阻礙視線的鐵刺網最先出現，縱橫交錯地沿著石灰柱像蜘蛛網一般連綿不斷，那些密麻虯結在鉛線上的尖刺，好像齜牙裂齒的鱷魚大嘴巴，隨時都想著把我們嚼成血球吞下。

　　那醜態畢路的刺線，飛倦的小鳥都不敢佇立。我想除了怕刺尖，也有蔑視的成份。

　　鐵線本無刺，被兩頭尖突的刺釘爬滿，羅列成令人望而生畏的鐵刺籬，建造成籬笆，完全是人為的。我厭惡鐵刺籬，但它卻出現在我的後門外，而且連綿不斷。

　　我嚮往的是藍天綠野，但卻被隔在籬笆外，我無法踰越陰森的鐵刺網，雖然那僅僅是一條馬路之隔，那片橡樹林頻頻以黛綠的手掌向我表示善意。我渴望長出一對翅膀，像一隻鳥兒，飛出牢籠一般的新村。

　　假如小鳥厭棄限制牠飛翔的牢籠，人類貴為萬物之靈沒有理由選擇在鐵刺網內過日子。不知什麼原因，我雖年幼卻對後門那排鐵刺網激起一層波浪式的惡感，甚至連瞄它一眼也煩厭。

　　寧可少吹一些涼風，不是迫切需要，就讓後門緊掩著，把鐵刺網擋在門外。當然，我最大的心願是跨越籬笆，像過去那樣在

綠林下生活。可是我知道這只是幼稚的夢幻，一隻被囚困在鐵籠中的小鳥，已經失去高飛的機會了。住在新村裡，如同小鳥困在鐵籠中。

　　我不清楚新村屋地是如何分配的。英政府發派的近鐵刺網門牌編號，如硬要擠出一丁點優勢的話，第一是地勢平蕩，第二靠近馬路和柵門。我到過丘陵起伏的村尾，屋前或屋後需鋤造泥級，出入極為不便。住下來我又發現，霹靂河鄉下的村友，相隔一兩里路的「遠鄰」，在新村都變成了左鄰右舍，呼喚相聞了。

　　進了柵門，一條筆直的馬路把新村切成兩半，右旁為村長官府，接著是啟智小學（後改為瑤倫國民型華文小學）。馬路右邊不遠處有間小巴剎，近村尾橫出一條馬路，與柵門的馬路銜接成T字形。從我家走路上學，不過百步之遙，不到十分鐘。

　　這次大遷徙，困在新村裡，為我穿林越野跋涉七里路的求學生涯寫下句號，挑燈摸黑割膠的苦差也暫時終結。可是，對於家人，尤其是家庭經濟柢柱的母親，則是引向一段更艱難的人生旅程！

2005年12月14日中國報副刊

2011年4月中修定

柵門前的人潮

就因為貧窮，搬家的時候發覺，有許多舊物不能丟棄——買過新的要更多錢。所以用腳踏車運載十多里路，很費力，母親還是堅持要用的全搬走。剩下的家，幾乎是一間空房子了。

新村裡每家都是鋅板蓋的木屋，雖屋內依然是泥地，但比亞答舊家看去「光鮮」了許多。左鄰右舍都是相同的鋅板木屋，但規劃井然有序，道路四通八達，家家門前可通車。

唯一遺憾的，和橡林裡一樣，缺電又缺水。要到低處去挑井水，夜晚要充氣點大光燈。

入伙那天，滿房子還零亂不堪，舉步艱難。晚餐過後，大家還藉燈光錘錘打打，佈置廚房、臥室、飯廳、神龕，翌日再繼續一整天才安置妥當。

窮苦人家除了生病，兩手總不能停歇。搬進新村尚未鬆口氣，第三天母親、堂哥和姐姐就準備開工了——去原地割膠。

鐵網柵門早上六點打開，第一天開工，他們要趕乘巴士，清早五點半就去柵門等候，沒想竟然擠不上巴士，天亮提著空桶、膠刀和茶飯，垂頭喪氣地走回來。

吸取了第一天的搭車失敗教訓，翌日母親、姐姐、堂哥三人更早起身。我聽說清晨的柵門人潮如墟，也跟著去湊熱鬧。才五時許，柵門前面已擠得水泄不通，有提桶挑籮的，有推腳踏車

的，大家都往前擠，希望掙到有利的位置，取得先機，第一個跨出柵口。

「噹噹噹……」想是站崗的守衛敲鐘了。只見一名綠衣警從腰際掏出鑰匙正想開鎖，柵門前的人潮已騷動，我遠遠聽見綠衣警大聲喊「南地！南地！（Nanti！Nanti！）[10]」

柵門外的馬路上停著兩輛紅黃巴士，鐵柵一開，人群隨像瀑布的激流般衝出去，膠桶的碰撞聲，腳踏車的鈴鈴聲，亂成一片。務農的村民都是屬於早起的群體，尤其膠工，六點鐘出門在他們已是遲了，大家心急匆匆、爭取分秒是理所當然了。

母親、姐姐和堂哥原本擠在人群中間，被水泄的人流衝激，混亂中三人都隔離了，只有年壯力健的堂哥拼盡全力，擠上了巴士；母親和姐姐還摸不到車門，剪票員已「澎」一聲把車門推上，凶巴巴地喚道：「滿座！滿座！」

接著司機發動引擎，「唬」地巴士開動了。兩輛巴士乘客都像沙丁魚，堂哥不想孤獨上路，但巴士已像狂奔的一頭猛獸，擠不下來，結果到了小城又搭車轉回新村，空跑一場。

這是第二次了，母親提著膠桶、茶飯，快快不樂回來。不久堂哥也到家了，大家聚在廳堂托腮沉思，暫時也找不到解決交通的辦法。巴士公司只派來兩輛車，擠沙丁也載不上百人，新村的住戶有四百餘家，勢必粥少僧多，哪夠應付？附近地區新村同時建立，大家都爭坐巴士，巴士公司剎那間也愛莫能助。

向來靜默的父親，這次開口了。他振振有詞說：「是不

---

[10]　Nanti，為馬來語，意即「等下子」。

是，老早叫你們學踏腳車，你們怕摔跤，怕跌痛，現在等吃老米了！」

那時候摩托車尚未出現，連腳踏車都不多。大家的木板亞答屋都建在園地裡，種菜、耕田、割膠，根本不需要踏腳車。尤其是女性，鮮罕見到騎腳踏車在路上風馳電疾的。所以，我們家裡，除了父親，誰也沒摸過腳踏車，連力氣十足的堂哥都對學腳踏車有恐懼感，怕摔成鐵拐李。

住進新村裡，尤其兩次擠不上巴士之後，大家才領略沒有腳踏車處處吃虧，真正變成一隻跛腳鴨。現在，要臨時抱佛腳也遲了，因為，學踏腳車不是一朝一夕可成，單學平衡都費整個月，十二公里路途不近，又是上峻嶺又要下斜坡；回程要載膠片、膠絲，負重須有更純熟的騎術呵！

學踏腳車需要一段日子，不能學會踏腳車才出門工作啊！

交通成了難題，全家人如坐愁城。

2005年12月28日中國報副刊

2011年4月抄修定

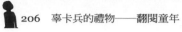

這個現代化的瑤倫新村入口在50年代卻是鐵蒺藜柵門（林文慶攝）

一分為二的家

　　大家摒棄了搭巴士的寄望，踏腳車又不行，經過多番深思，母親作了個沉重的決策，就是再次遷居。

　　花了那麼多苦力與精神，好不容易把新家按置妥當，住不上一星期又要翻動整個家，真是痛定思痛的意念啊！

　　這次搬遷，並非全家移出新村，而是為了工作的權宜之計，把家庭中六人「暫時」分成兩個家，父親和我留在新村，母親、姐姐、妹妹和堂哥搬去小城市郊租房子。至於這個「暫時」的期限，在時局動蕩不安、生活前景一片茫然的時刻，誰也說不出究竟是多久。除了工作放在最大考量，讓我繼續學業也成為因素。

　　母親和堂哥去小城找房子，終於在郊區物色到一棟破舊的高腳板樓。這樣去膠園不只近了一半路途，而且不必天天麻煩擠巴士了。那段一半馬路一半山徑的旅程，原本是我天天徒步上學的路線，現在成為母親、姐姐和堂哥在生活線上必經之途了。

　　我很希望時光倒流，回到從前住在膠林裡的日子，每天我和另三個友伴哼著〈讀書郎〉輕鬆徒步上學，不願見到母親挑著沉重的膠片和膠絲蹣跚踏步。但這不過是個幻想，事過境遷，物換星移，新村移民的後遺症，對我們家庭的破壞衝擊委實太大了！

　　我知道，搭不到巴士的當然不只我們，還有更多村民和我們一樣失望和悲傷，但若論回到原地工作的途程，沒有比我們這批

霹靂河村民更遠的了。我就知道，和我一同走路上學的陳瑞群
沒有搬入新村，她的父親在小城市郊買一片膠園，在園裡另建
房子。

父親沒有能力買園地，母親只有靠租房解決問題了。

母親離開新村那一天，大家一起吃早餐，可是我一點胃口
也沒有，只望著碗筷發楞。我十一歲了，從來沒有離開過母親，
多次逃難，無數次搬家，母親永遠倍在我身邊，這突發性的「分
家」事件，要我和母親分離，我真有千萬個不捨，但是我不知要
如何向母親開口。

「媽媽，讓我也搬去江沙住吧！我想跟著你。」想了很久，
我終於說了。

大家都靜下來。母親明白我的心情，紅著眼眶說：「阿爸也
要個伴，你留在新村好，讀書近。等我生活安定下來再讓你們過
來同住。」

我了解母親的苦心，為了不想增加她的傷痛，我強忍著，沒
有掉眼淚。這些日子，母親已承受過多生活的鞭磨了。我發現，
母親最近比以前更瘦削了。

父親用腳踏車推著幾包家當，全家擁到柵門。所有的用具和
衣服逐一打開，經過警衛詳細檢查，重新包紮，才可移出柵門，
到馬路上等巴士。

「禮拜天沒有上課，你和阿爸一起去割膠，我們又見面了。
一星期很快就到的。」母親上車的時候，回頭向我說。

「我知道，我知道！」我回答。

巴士很快開走了。我看見車窗外有一隻乾瘦的手，不停揮

動，我當然認得，那是母親的手。

每天緊握膠刀長滿硬繭的手。

新村成立後，煤油燈已被收藏了，所有行業要等早上六點柵門打開才能出門，傍晚六點柵門就上鎖，這樣自然影響工人的收入，尤其是我們膠工，收入逐減，開銷增加，每月都多了一項房租。

母親搬離新村的翌日，父親也開工了，一早踏腳車出門去割膠，家裡突然間沉靜下來。雖四面八方有人聲，但整間房子只剩我一個人，我不是害怕，只是產生悲愴和孤獨。我從未試過孤零零面對四壁——以前，至少有姐姐或妹妹作伴。

窮困卻三餐不愁，原本完美的一個家，因為政局動蕩一再遭受切割破壞，不但影響了我們的生活，也牽走了我們家庭的溫暖。

家，一分為二，變為破碎不堪的家。

稍可安慰的是，在新村我可繼續上學。學校很近，報讀上午班，我不必早早起來割樹膠，我把心思專注在學業上。我在江沙崇華小學讀了半年，進入瑤倫新村啟智小學課本不同，又從頭讀起。要在半年裡讀完一年的課本和做完作業，老師教課有如彩雲追月，天天趕課。

上早班課，我的生活看來比在鄉下清閒了。其實不然，放學回來我要煮粥給父親放工回來吃。母親和姐姐不在身邊，我得到井湄去洗自己的衣服，每天挑幾趟水，蓄在水缸裡，除了煮飯洗菜用，父親常期都洗熱水澡。

　　有一次，我玩瘋了，忘記下米煮粥，父親回來又饞又渴，怒氣沖沖隨手拿起我挑水的扁擔，我一見嚇到拔腿往外跑，父親追出來，扁擔像標槍那樣向著我背後擲過來，插在我的腳邊。

　　那天，我很晚才敢摸回家，飯也不敢吃就悄悄爬上床。經過那次教訓，我放學第一件事就是淘米煮粥。

　　灶頭有粥，水缸有水，父親就心安理得了，其餘的事，我有沒有溫課，有沒有做功課，父親從來不問不理。賣膠片的時候，父親會給我一塊錢，我的文具開銷和零用錢統統包括在內了。

　　我天天看日曆，盼望星期日早日到來。

　　每逢星期天，早餐後，父親把他的腳踏車推出門外，在車架上紮上一個大桶，在車架與車座之間留出一個空隙，那是我坐的位置。父親雙手按緊扶手，叫我爬上去坐穩，一腳跨過車杆就踏著走。

　　那時父親已年過六十，我坐在他背後，發現他的背微微佝僂。他踏腳車的速度不快，上斜坡的時候倍感吃力。馬路上來往的車輛不斷，尤其重型的囉哩帶著一陣疾風捲過，整輛腳踏車都會擺蕩，父親閃避往往把腳踏車踏在路旁的草坡上。所以父親每閃避一輛車，我的心總會急速跳動。

　　繞過小城江沙，經過王宮就轉入橡林小徑了。我對這段路非常熟悉，每天來回走了半年多，路旁的風景，一花一樹、屋宇教堂，全在我的腦海之中。

　　腳踏車進入了橡林，在速度上發揮的功能就大大減弱了；很多上丘陵的路段我得幫父親推車。等父親把腳踏車泊在舊亞答屋時，太陽早起高高升起了。

這時候，母親和姐姐早已「切切切」在割膠了。

我走到母親跟前，叫一聲「媽」，蟄在胸臆的千頭萬緒，彷彿在這剎那如冰山融化了。

舊家並未完全成為廢園，近午割完樹，我們躲進屋裡歇腳和午餐，這時刻我們母子倆才有閒暇話別後家常。

——有沒有準時交功課？

——洗衣皂用完了記得叫阿爸買，讀書的白衣要多洗幾趟。

——米桶還剩下多少米糧？

母親的話總環繞在這幾項，我關心的是，幾時我才可以跟母親同住，不必再分離。母親一聽，即刻淚眼簌簌。

我問過兩次，母親都心軟，過後不敢再提起了。

一個星期的思念，竟像一年般漫長！

2005年12月28日中國報副刊

2011年4月杪修定

夜半敲門聲

　　新村大搬遷，我們只獲得政府兩百零吉的建屋津貼，當然不足於應付整個建屋運作。有些州政府體恤民困，還分配土地予村民，讓他們自由耕作，可我們沒有福份，分享到尺地寸土。

　　我們建房築路的土地，原是一片大膠林，因靠近瑤倫縣，順理就叫瑤倫新村。這個密集了四百多個家庭的新村，東面挨近大馬路，西邊有丘陵，再過去就是山林了，鬱鬱蒼蒼，盡是高山峻嶺。

　　我們分配到的屋地在東部，最靠籬笆的一排，外面是蕩蕩的柏油馬路，日裡車聲轔轔，分通王城江沙和萬隆、紅土坎，離開柵門和學校只有一箭之遙。我讀早班，早上不稍五分鐘便走到學校了，比年頭由膠林走去江沙的六、七里路，這回可謂輕輕鬆鬆上學了。也許這是新村給我提供的唯一方便。

　　原先散居在霹靂河畔那幾戶舊時相識，繼續成為我們的左鄰右舍，但是地理上佔有的優勢，並不能彌補家園破碎留給我的創傷。尤其是每當打開後門，看見籬笆上重重的鐵蒺藜，我那顆刺痛的心馬上就揪緊，一陣陣無名的厭惡感油然涌起，恨不得臂膀上長出一對翅膀，飛到母親的身邊，向她傾訴我深深的思念！

　　有時候我望著籬笆冥想：住在由六呎高的鐵刺網圍繞的新村裡，真的可以高枕無憂嗎？年僅十一歲的我，對於華人迫遷新村

的遭遇，不是很理解，當人們在一起談論，提到恐怖份子或「山老鼠」時，總是左看右盼，而且把說話的音量壓低，彷彿怕隔牆有耳把話傳出去。

新村的房屋規劃的不錯，柵門右邊為警亭，靠近警亭有間灰牆楞瓦的平房，為全村最搶眼的一間，那是村長的官府。新村由一條T字形的馬路貫穿，十余間鋅板商店建在馬路中站，還有間小巴剎。

新村西邊沿著鐵蒺藜建有好幾個瞭望台，日夜由警衛輪流駐守，因為那邊屬黑區。我有幾個同學住在那區，我看過高台上的警衛，荷槍實彈，眼睛死死地盯著遠處蒼鬱的山嶺，彷彿要望穿整座森林的祕密。

有一天半夜裡，我和父親被緊密而強烈的扣門聲驚醒，接著聽到陣陣粗暴的呼叫：「起來，起來！趕快，我們是警衛隊，要作檢查！」跟著又是「彭彭彭」的敲擊聲，一陣粗過一陣，扣緊我們的大門。

慌亂中父親牽住我，衣服也沒來得急換，就去應門了。門兒半開，幾個身穿綠衣提著槍桿兇巴巴的警衛就衝進家裡了，其中一個華人，好像是新村委員，聲音比較溫和：「要肅清，大家暫時到學校去避一避。」

警衛在家裡的臥房、床底、後門，搜索完畢，不准我們再踏入家門半步，父親赤露上身、我身著睡衣就朝學校方向走。

「肅清」，肅清是什麼意思？模糊中腦海倒有過一點印象，當我五、六歲的時候，我們工作的英國園坵有個承包商遭「山老鼠」槍殺，過後一卡車「辜卡兵」（尼泊爾雇傭兵）進來園坵進

行搜查,把所有膠工趕出宿舍,母親說全園「肅清」,小孩子靜靜。所以小小年紀對肅清一詞即產生了畏懼,有種不祥的預感。

沒有月色,大地一片昏沉,我們父子憑著微弱暗淡的星光辨路,朦朧中發現人影雜沓,都朝學校的方向晃動,不消說,全是遭「肅清」震蕩出來的村民。也許有「山老鼠」進來新村騷亂,但慌亂中大家噤若寒蟬,只顧著匆匆趕路。

學校裡人頭洶湧,秩序零亂,不知誰點燃了幾盞煤油燈,模模糊糊免強看到彼此的身影;有的村民不只赤身,下身僅圍著一襲沙籠,是「肅清」帶來的尷尬。

老師被驚醒了,打開宿舍大門觀看熱鬧,但卻沒有被震出操場聚集,大概是對知識份子的禮遇吧!我聽到旁邊有人低聲私語:「鐵刺網遭剪破一大片,幾個綠裝恐怖份子闖進來,開槍打死了村長。」這應該是警衛隊肅清的原因了。

忍了整夜睡意,挨著蟲子的侵襲,好不容易等到天亮,聚集的村民才獲解散,回到家裡。成為驚弓之鳥,心情散渙,加上整夜無眠,父親那有心情去割膠。我沒等父親弄早餐,就匆匆換上校服,趕到學校,上課的鐘聲剛好響起。

這是搬進新村以後不久發生的恐怖事件,聽說肅清之後有很多村民被召去問話,其中有幾名嫌疑份子還遭江沙警局扣押。這事件還不算嚴重,在我離開新村以後(我只住了一年半),有一次警署深夜遭襲擊,過後政府實施「大鍋飯」制度,村民分作幾個單位集體用餐呢!

村長遇害後,政府迅速採取防範措施,把籬笆改為雙重鐵蒺藜,中間安置電纜,將整個村子圍繞在電流的網路中,柵門成為

唯一的安全出口。我預先懷疑鐵蒺藜的可靠性，真想不到才幾個月就應驗了。不僅新村周遭佈置了危險電流，還順秩安裝了照明燈；一到入夜，沿著鐵蒺藜籬笆一片光明。

　　不久，家家門前豎起了樑柱，接著電線在空中像蜘蛛網一般縱橫交錯，全村開始有電燈。村長遭遇不幸，卻留給村民燈光的方便，真是意想不到的結果。曾經有幾次，警鐘響不停，檢查發現，不知誰家倒楣的狗兒闖入禁區，觸電死亡。因禍得福的瑤倫新村，成為全馬最早獲得電流供應的新村，村民無不額首稱慶。

2007年11月4日星洲日報〈文藝春秋〉版

趴地看電影

　　今天看電影，不必上戲院，VCD、DVD充塞市場，電視機一扭開，屏幕上幾十個台任選。但在五十年代，電視事業尚未開發，黑白片都教觀眾癡迷若渴，看電影為平日最高的生活享受。

　　遷居新村的次年，村民的生活較為穩定，鐵蒺藜的陰影也開始淡化了。那時我唸早班二年級，學生人數跟第一年相同，早班只有十五名學童。學校靠近柵門，也近籬笆，柵門與籬笆之間有一片寬闊的空地，新村成立就一直荒廢置閒，久沒整理，雜草密蔓，成為新村裡一片欠雅的綠肺。

　　學校的教室斜斜對著那片綠肺，上課的時候眼眶一揚，那些綠蔓和芒花清晰可見，因為雜生著很多滿莖是刺的藤蔓，所以從未見過孩子走進去捉鳥。有一天，忽然間來了一群人，荷刀帶鋤，呯呯啪啪舞動工具，半天工夫就把那半畝荒綠闢成耕地，還把雜草連廢物一起用囉里清除。我心想有人利用空地種植雜糧吧！

　　幾天後，發現那片空地堆滿舊鋅板和舊木條，彷彿要建築大房宅。好奇地查問，都說是建臨時戲院，接著果然一群工匠出現了，扛木運板、挖穴立柱，「呼呼彭彭」不到一周天建築的規範現形了，四周包圍得密密實實的，前面只有一個入口大門，後面左右各設小門出口，整個建築開了四扇瞇成眼縫似的小窗，當然

只有電影院才具備這樣的模式。

　　跟著，戲院即刻成為村民茶餘飯後的熱門話題，大家覺得福氣不淺，晚飯後有個去處；尤其是村童，一到夕陽西下時刻就集中到鋅板戲院嚣嚷，打聽什麼時候好戲上演。那陣子王城江沙也不過兩間三流戲院，木椅子板圍牆，由邵氏、國泰瓜分天下，新年佳節連場爆滿。貧困落後的新村居然有間戲院讓村民作息後鬆弛精神，一時間成為村裡的頭條新聞，令人振奮，小孩子更是樂翻天！

　　孩童都愛看電影，尤其是武俠片。我當然不例外。年紀雖小，卻心中早有了電影偶像，曹達華、石燕子、于素秋、羅艷卿、任燕，都是我熟悉的明星。那時孩子看戲很方便，沒有身份証不必票，由大人帶領入場，可以大搖大擺佔一個座位。所以直到讀書我還看了不少免票電影。但是，新村的戲院並未使我激動，因為母親不在身邊，父親割膠的收入微薄，每月賣膠片只給我一、兩令吉零用，有時還要買作業簿。從幼小開始，父親從未帶過我進戲院，他也從來不看電影。

　　我很羨慕班上一個同學，每天上學母親都給他一令吉，星期日也照給。我書包沉重，褲袋子空蕩蕩的，早晨吃飽才上學。所以學校的食堂和村中的零食店都難見我的影子。村裡有個挑擔賣豆腐的小販，每天都經過我家，「香豆腐、香豆腐……」一邊走一邊叫，他的豆腐有五香的、煎炸的，各式各樣，切成條狀醮配料吃，香氣四溢、令人垂涎，可惜我從來不曾嚐過。

　　所以，看一場電影在我，是件奢侈的事。假如媽媽沒有搬離新村，堂哥和我們同住，近在咫尺的戲院對我的意義就不同了，

因為堂哥也是個影迷，看戲總少不了我的份兒。

　　當時父親的經濟情況，我多少體會到，賣膠片的收入經常不足應付日常開銷，他迫得向雜貨店賒賬，有時也向樹膠商預支，以解燃眉之急。父親是個隨遇而安的人，生活的拮据他一點都不緊張，他也從不去思構開源節流和增加收入等等問題。

　　父親對兒女的教養，向來都是交給媽媽挑。自我懂事的時候開始，媽媽就靠一把膠刀承擔家庭的一切經濟開銷，包括子女的教育費。遷居新村這段短暫的時光，是父親一生中唯一養育我的日子，但我的學費，還是媽媽逐月親手交給我的。在這種情況下，我那有勇氣向父親要求增添零用錢？想從每月幾元零用錢裡節約一張戲票，似乎也捉襟見肘、難以辦到。

　　那間舊鋅板戲院建好後，沒幾天戲院外即張貼了幾部影片的黑白劇照，還有印滿劇照的招徠紙。原來影片即日放映了，每晚只映一場，從八點開始。我看看售票處，每張票價僅四毫，可我袋子裡連一枚錢也沒有；我只能藉牆上的劇照和招徠紙滿足自己的慾望。

　　有天放學的時候，一個同班同學邀我晚上去看電影，還說上演精彩的武俠片。我告訴他我沒有錢買票。

　　「看免費的。」他說。

　　「霸王戲，怎麼行？」

　　為了打動我的心，他又說：「不是霸王戲，而是從從容容地看──你晚上來就知道了。」說完還神祕地向我笑一笑。

　　同學把我勸服了。免費電影哦，那個孩童不心動！於是吃過晚餐，趕完功課，騙父親說找同學，就往戲院的方向走了。

戲正上演，戲裡戲外一樣嘈雜。戲院裡是刀劍交鋒的叮噹聲，戲院外是發電機的札札聲。外面懸著幾盞電燈，看見戲院的圍牆下幾個男孩子翹起屁股，頭顱貼在地上，從圍牆的縫隙間向內窺看。

這原來就是同學所謂的免費電影了。

見大家看得癡迷入神，也沒有人巡視阻遏，不理約定的同學來了沒有，我也壯著膽有樣學樣，找個縫隙較寬的地方就伏下身體，果然整個電影銀幕展現眼前。當然，擺著那樣的姿式，沒有坐在椅子上來得舒服，但不必花錢。

那天放映《金鏢黃天霸》，由黃鶴聲飾演的俠客黃天霸英姿雄發，滅奸除霸，可以連環齊發六枚金鏢，且百發百中，惡霸聞風喪膽。我全心投入，看得如癡似醉、神昏顛倒，黃天霸以一敵十，向敵人「刷刷刷」連發數鏢，正當緊張刺激之際，後面屁股「躂躂躂」被人連踢三下，戲裡戲外幾乎同時發出「哎呀哎呀」的驚喚。

這一下非同小可，我再也顧不了電影的情節，轉頭一看，嘗我『火腿』的不是別人，原來是村長。

我對村長印象深刻，因為有一次他的孩子被老師體罰，他當晚招開新村所有委員，勵言譴責，他揚言：「老師如果還在村裡，我一鎗就斃了他！」說完從褲袋裡掏出一把手鎗，「啪」一聲重重壓在桌上，所有委員噤若寒蟬，低頭看地板。我第一次目睹真手鎗，心裡不襟一陣驚悸。

那一次，村長的容貌就牢刻在我心裡。

村民都傳出戲院由村長經營的，這回我深信不疑了。村長腳

下斗膽想看免費電影，不是自討苦吃嗎？燈影朦朧中，我看不清村長有沒有佩帶手鎗，萬一發起牛脾氣……。

「你唔睇會死咩！」他大聲嚷。我連多看他一眼都不敢，拔步就跑。我前面有幾個飛奔的黑影，不說也知道是趴地看戲的夥伴。大家都全神貫注，加上發電機的雜聲，誰也沒聽到後面村長的腳步聲，真是「螳螂捕蟬、黃鶯在後」，被盯上了。

老師不可鞭學生，自己卻施展「譚腿」功，我年紀雖小，心中卻憤憤不平。不過，嚐過村長的腿功後，怎樣精彩的電影，我也不敢趴地窺看了。可是，那連環三腳的屈辱，今天猶印在我的腦海裡，沒有隨歲月滌蕩而泯滅！

2007年11月4日星洲日報〈文藝春秋〉版

鐵蒺藜外的藍天

　　排列齊整的新村住宅，就像今天城市規劃謹嚴的花園屋，戶前屋後路巷縱橫，井然有序。雖然家家被圍困在鐵蒺藜內，但彼此不設籬笆，隨時都可以串門子，大家的感情十分貼近，凡有悲喜婚喪，全村集體出動，人與人的關系緊密、守望相助，或許那是時代動蕩中激起的一股浪花，彼此有必要珍惜那份聚緣。

　　孩童的天地也因此變得廣闊起來，最凸顯的，我的玩伴由同學逐漸擴展到初識的村童，人數突然間遽增，暫時連把母親不在、家園破碎的悲哀也從腦海間剔除掉；所接觸的玩具項目，也隨夥伴增多而變化無窮、多姿多彩，沖滌了我原本孤寂落寞的童年。假如要把我的童年劃分，遷徙新村可作為一個段落鮮明而形態強烈的分水嶺。

　　新村分裂了我的家園，卻也擦亮了我另一段童年。

　　以前，日子都在綠色膠林裡渡過，雖然一再搬遷，但變來變去的環境，居所周遭永遠是一片深邃黛綠的林野，不是丘陵起伏，就是偏僻荒涼；多則七、八戶，少則三、五家，不是密集一起，而是散落各處。像樹上掉落的橡實籽，無法團聚。割膠工人的心態都一樣，避風遮雨的門戶建在各自園裡，是為了作息的方便。

　　膠林鄉間的孩童，不是天亮就四處尋找玩伴，而是跟隨父

母幹活，回來還要挑水、拾柴、燒飯，或者成為父母種植瓜果蔬菜的幫手，找夥伴捉鳥捕魚，只是偶然間幹的事。同時要聯絡同伴，也得費不少腳力，大家的居所都有一段距離。

橡林裡有一種孤獨的鳥，因為羽翎斑駁我們叫牠班鳩，每天清晨就「咕嚕嚕咕嚕嚕」到處尋覓同伴，那種孤寂單飛的景況，宛如我在膠林裡彳亍獨行，那麼落寞無援。……

新村裡那麼多夥伴，開創了我的視野，一對可以翱翔的翅膀，終於有機緣拓展，除了在村子裡四處盤旋，更遨遊於鐵蒺藜外廣闊縹緲的藍天！

那時我們擁有的玩具，雖沒有的現在的多樣化，卻不必花錢買，好像男孩子最普通而流行的陀螺和風箏，都是自己親手打造的。今天的孩子已不知陀螺為何物，風箏也要用錢買。我們造陀螺，經常三幾人到新村外找材料，最適宜的是柑桔木和番石榴樹，把手碗般粗大的砍下。那時僻居鄉野的人家搬進了新村，舊宅變成了廢墟，留下這些普遍的果樹，正好被我們利用，無辜變作刀下魂。

打造陀螺，其實並非難事，但是我們手頭缺乏利器，過程就變得複雜費時了。刀斧劈成的雛形陀螺，非常粗糙，要使表面光滑，我們沒有木鉋，只好用玻璃片慢慢刮。玻璃瓶太厚，不管用，我們找垃圾桶別人棄置的熱水壺，裡面的圓玻璃打碎了鋒利無比，可以把陀螺刮得又光又滑。接下來是找一枚三吋鐵釘，鋸斷釘頭、磨尖，打進陀螺成為「腳」，須小心翼翼，陀螺裂了就前工盡費。惟一花錢的就是要買一條約四呎長的繩子，那是陀螺旋轉的工具。

打造平衡的陀螺，不但旋轉持久，而且會轉出「嗡嗡嗡」的聲響，令人羨慕。

擲陀螺是童年最刺激的一項遊戲，因為鐵釘尖利，幾人一起奮力拋擲，具有多少危險性，很多父母都反對玩，但我們依然偷偷打造，找個較為隱蔽的角落進行比賽。不是比旋轉持久，而是互相拋鑿。通常是在地上劃個圓圈，陀螺停了留在圈內的就任別人拋鑿，直到被鑿出圈外為止。因此常常弄得彼此的陀螺遍體傷痕，甚至裂成兩瓣。

擲陀螺不是我的強項，我不曾把夥伴的陀螺鑿成兩瓣，而經常是自己的陀螺變成兩瓣。還有就是有些夥伴可以將繩子奮力一抽，陀螺不著地而直接落在掌上，斜斜地繞著掌心嗡嗡旋轉，而鐵釘不會損傷肉掌。這神乎其技的一招，我也跟不上。惟造陀螺的技巧，我倒不輸同伴，甚至還有夥伴向我買陀螺呢！

風箏也是新村孩童喜愛的玩意，也似陀螺一般，風箏都是自己糊成的；就算有錢，那年代市場上根本沒有風箏賣。幸虧兒童的創造能力強，無師自通，到村外的叢林裡伐竹，用竹片做骨架，到雜貨店買紙糊、幼線，粘好晾乾後，多風的晴天風箏就可以飛向藍天了。自製的風箏多數為鑽石形，後面拉一條長尾巴，不像今天的風箏形態無奇不有，蝴蝶、蜜蜂、百足蟲，任由選擇。但自造的風箏也迎風高飛，已經叫我們感到滿足了。

那時候最過癮的是看斗風箏；不是比賽飛高飛遠，而是斗「割線」，現在的孩童應該不曾見過，或者聽過。想挑戰「割線」的風箏，事先要做好準備，就是把玻璃粉（把玻璃片搗成粉狀）粘在風箏線上，見到鄰近有風箏出現，就將自己的風箏順風

飄過去，當兩線交叉時，隨手一拉，必有一方的風箏線被扯斷，斷線的風箏首先尾巴搖擺不定，接著緩緩飄落，通常都會飄出鐵刺籬笆外，掛在綠樹枝上，幾番風頭之後就剩下竹片的殘骸，顯示斷線後的淒涼景象，也是人生疆場敗落的悲劇隱喻……。

除了陀螺和風箏，波子、香煙盒、電影劇照，都是我們童年的玩物，今天全部隱沒在時光的湮塵裡了。

新村裡固然流行許多遊戲，隨季節而變化，這個項目玩膩了轉換另一個項目，好像現在婦女的流行裝，令人目不暇給。另外還有一個玩樂的去向，就是到村外的小河或田野去垂釣和摸魚，也令幼小的心靈樂不思蜀，忘了回家的時間。

鐵蒺藜外的藍天，特別誘人。

每天放學以後，還有半天空檔屬於玩樂的，籬笆外比新村更遼闊的天地，就是村童馳騁和仰望的樂園，一走出大柵門，就告別了令人厭惡的鐵蒺藜，似乎進入肺葉的空氣也更新鮮更純潔；來自叢林的鳥聲悠然飄入耳膜，清脆巧轉，嗝啾嗝啾；還有田野上颼颼的涼風，河水彎著身體傳出潺潺的歌吟，一起向著我們散播頻密的韻律。

那一條晴來清澈雨天混濁的小河道，不單是村童的水上天堂，也是村民傍晚淋浴和洗刷的地方；河水不深，村民把河灣挖深並加一層沙包堤，河水就足夠利用了。我們垂釣專選雨後流水混濁時，泥鰍四處活動覓食，往往有好收穫，而且釣到的泥鰍特別大尾。一根釣杆、一個小桶，我們就可以沿著河岸消磨整個下午了。

　　天晴水潔的日子，魚兒難上釣，我們就循著小河游走，有一片阡陌縱橫的田野，荒蕪久了，不見水色汪汪，而是到處綠草遍佈，我們的重點是散據田野間的泥潭。這些水淺混濁大小不一的泥潭，原本是水牛泥浴翻滾形成的泥坑，久而久之就成為魚兒群集繁衍的棲身地了。

　　因為水濁，只有生魚、泥鰍、過山鯽幾類魚適應泥潭裡的環境，其他魚類無法繁殖。我們試探泥潭，發現有魚才掏水摸魚。潭水不深，符合我們孩童的體能。用小桶一桶一桶地把潭水掏出潭外，是一項持久力的考驗，所以需要幾人合夥。潭水逐漸乾淺了，群魚開始跳竄往草根樹洞躲藏，我們要注意它們的去向了。等到潭水掏乾、餘下的泥漿的時候，接著就是摸魚了。這是掏水捕魚的高潮，也是緊張刺激的時刻，泥鰍、鯽魚身體都有尖刺，摸到要按緊正確部位，不要讓它有機會掙扎；魚刺都有毒，刺到會腫痛，還引起發燒發冷。我中過招，半夜蒙被牙齒還格格響。

　　田野邊上有條小路，下午放工經過的男女，都會停下腳踏車，駐足觀看我們摸魚；那種與魚兒比拼的緊張場景，直教我們忘卻周身泥漿、滿頭汗滴呢！

　　新村有我童年的淚痕，也有我歡悅的笑聲；而鐵蒺藜外的藍空下，田野上、小河邊，曾經印下我無數的足跡，也有深也有淺，但都模糊了⋯⋯。

2007年11月4日星洲日報〈文藝春秋〉版

後記
寫作童年系列的迂迴路程

冰谷

　　這部童年系列部份文稿是繼沙巴的叢林記憶之後，在《中國報》的專欄文字，前者匯集成《走進風下之鄉》一書，並獲得2006年度雙福散文優秀獎，書於2007年由有人出版社出版。

　　驚喜的是，此書在缺乏宣傳情況下，竟然擠上大眾書局文藝類10大暢銷排行榜，並於半年內再版。這消息對作者與出版社，都無疑是一項鼓舞。《走》一書更於2010年由台灣秀威資訊出版繁體字版，在台灣行銷。

　　童年系列《歲月如歌》之寫作過程沒有沙巴叢林記憶的順暢。這系列在2005年以專欄形式連載了30篇，卻因專欄期限而無奈停載，而我也因此暫時放下耕耘。翌年，我更遭遇我生命旅途中最大的磨難，中風後不久又摔斷一腿，不得已把寫作的事拋諸腦後。

　　這期間，我雖偶有作品，但卻非銜接童年系列的寫作路程；直到2008年身體狀況略有改善，才想起尚未完成的心願，於是繼續追溯童年，將稿投去《南洋商報》副刊「商餘」版；刊登了幾篇，之後編者說限於篇幅囑我把文字壓縮在千字之內，使到我的書寫無法揮發自如，不得已再轉換碼頭—幸得《星洲日報》副刊

「文藝春秋」容納了我後期文字較長的篇章。

　　像飄蕩的小舟，找到了岸口，一期可以同時刊出四章，真令我喜出望外。〈新村舊夢〉之後，〈歲月如歌〉、〈翻閱童年〉、〈時間回流〉，都以闊版面見報，讓我發揮兒時敘述。編者黃俊麟先生對自傳體散文的重視與激勵，使我深深感動，也讓我重拾童年系列寫作的勇氣和信心。

　　感激台北大學教授陳大為為小書作序。其實，這些文字在報章上刊登時，陳教授已給了不少鼓勵與意見，並希望我積極投入心力撰寫這部具有歷史背景和深富時代意義的自傳。只可惜我的經營過程太過緩慢，同時因於自己對歷史的認識與學力之局限，使內容無法淋漓盡致獲得發揮，不禁感到遺憾。書成後復在陳教授教務研究倥傯裡寫序推薦，感恩之餘覺得自己更應繼續這童年的文學之旅。

　　畫家張培業先生屢次提供畫作為小書作封面，從再版的《走進風下之鄉》、《橡葉飄落的季節》（有人簡體字版）、《歲月如歌──我的童年》（有人簡體字版）到這本《辜卡兵的禮物──翻閱童年》，都讓我的書平添風彩，更令我倍感光榮！謹此向他致萬份謝意！書中插圖分別由張培業、章欽、邢福雄、陳建榮、女婿蔡友輝、小兒文慶等人拍攝或提供，使本書在閱讀上增加真實感，一併在此致謝！

　　這是我在秀威資訊出版的第五本書。感激秀威出版社厚愛，給予機會，讓我的書能在台灣書店上架，給我的寫作生涯打開另一扇窗口。

2014年11月30日重修於馬來西亞／雙溪大年

釀文學179　PG1173

 辜卡兵的禮物
　　——翻閱童年

作　　者	冰　谷
責任編輯	林千惠
圖文排版	周妤靜
封面設計	蔡瑋筠
封面繪圖	張培業

出版策劃	釀出版
製作發行	秀威資訊科技股份有限公司
	114 台北市內湖區瑞光路76巷65號1樓
	電話：+886-2-2796-3638　傳真：+886-2-2796-1377
	服務信箱：service@showwe.com.tw
	http://www.showwe.com.tw
郵政劃撥	19563868　戶名：秀威資訊科技股份有限公司
展售門市	國家書店【松江門市】
	104 台北市中山區松江路209號1樓
	電話：+886-2-2518-0207　傳真：+886-2-2518-0778
網路訂購	秀威網路書店：http://www.bodbooks.com.tw
	國家網路書店：http://www.govbooks.com.tw
法律顧問	毛國樑　律師
總 經 銷	聯合發行股份有限公司
	231新北市新店區寶橋路235巷6弄6號4F
	電話：+886-2-2917-8022　傳真：+886-2-2915-6275

出版日期	2015年2月　BOD一版
定　　價	270元

國家圖書館出版品預行編目

辜卡兵的禮物：翻閱童年 / 冰谷著. -- 一版. -- 臺北市：
釀出版, 2015.02
　　面；　公分
　BOD版
　ISBN　978-986-5696-59-7 (平裝)

855　　　　　　　　　　　　　　103023732

讀 者 回 函 卡

感謝您購買本書，為提升服務品質，請填妥以下資料，將讀者回函卡直接寄回或傳真本公司，收到您的寶貴意見後，我們會收藏記錄及檢討，謝謝！
如您需要了解本公司最新出版書目、購書優惠或企劃活動，歡迎您上網查詢或下載相關資料：http:// www.showwe.com.tw

您購買的書名：＿＿＿＿＿＿＿＿＿＿＿＿＿＿＿＿＿＿＿＿＿＿

出生日期：＿＿＿＿＿年＿＿＿＿＿月＿＿＿＿＿日

學歷：□高中 (含) 以下　　□大專　　□研究所 (含) 以上

職業：□製造業　□金融業　□資訊業　□軍警　□傳播業　□自由業
　　　□服務業　□公務員　□教職　　□學生　□家管　□其它＿＿＿

購書地點：□網路書店　□實體書店　□書展　□郵購　□贈閱　□其他

您從何得知本書的消息？

　□網路書店　□實體書店　□網路搜尋　□電子報　□書訊　□雜誌
　□傳播媒體　□親友推薦　□網站推薦　□部落格　□其他＿＿＿＿＿

您對本書的評價：（請填代號　1.非常滿意　2.滿意　3.尚可　4.再改進）
　封面設計＿＿　版面編排＿＿　內容＿＿　文／譯筆＿＿　價格＿＿

讀完書後您覺得：

　□很有收穫　□有收穫　□收穫不多　□沒收穫

對我們的建議：＿＿＿＿＿＿＿＿＿＿＿＿＿＿＿＿＿＿＿＿＿＿＿

＿＿＿＿＿＿＿＿＿＿＿＿＿＿＿＿＿＿＿＿＿＿＿＿＿＿＿＿＿＿＿

＿＿＿＿＿＿＿＿＿＿＿＿＿＿＿＿＿＿＿＿＿＿＿＿＿＿＿＿＿＿＿

＿＿＿＿＿＿＿＿＿＿＿＿＿＿＿＿＿＿＿＿＿＿＿＿＿＿＿＿＿＿＿

11466
台北市內湖區瑞光路 76 巷 65 號 1 樓

秀威資訊科技股份有限公司 　　　收
　　　　　　　BOD 數位出版事業部

. . . .
（請沿線對折寄回，謝謝！）

姓　　名：＿＿＿＿＿＿＿＿＿　年齡：＿＿＿＿　性別：□女　□男

郵遞區號：□□□□□

地　　址：＿＿＿＿＿＿＿＿＿＿＿＿＿＿＿＿＿＿＿＿＿＿＿

聯絡電話：(日) ＿＿＿＿＿＿＿＿＿　(夜) ＿＿＿＿＿＿＿＿＿

E-mail：＿＿＿＿＿＿＿＿＿＿＿＿＿＿＿＿＿＿＿＿＿＿＿